Arsène Lupin 亞森・羅蘋冒險系列 05

Arsène Lupin contre Herlock Sholmès

怪盜與名偵探

莫里斯・盧布朗／著
宦征宇／譯

好讀出版

推薦序

怪盜與名偵探的世紀對決

推理部落客　余小芳

揭開推理小說歷史的扉頁，凌駕作者之名而聞名於世的偵探角色，一是英國的夏洛克．福爾摩斯，一為法國的亞森．羅蘋。莫里斯．盧布朗創造出亞森．羅蘋此俠盜型人物，其原型出自於E. W. 洪納書寫的業餘神偷萊佛士；而出身富貴且終日遊手好閒的萊佛士，該形象靈感脫胎自福爾摩斯，為英國維多利亞時代上流社會仕紳階級的反諷。有趣的是，E. W. 洪納又與催生出神探福爾摩斯的作者柯南．道爾有著朋友和姻親的關係。

大致了解真實作家和筆下虛構人物之間錯綜複雜的連結後，我們腦中或許開始構築那關於英倫

神探和法國紳士怪盜高手過招的情景，而這應當也是偵探圈的一大盛事。

在亞森・羅蘋全集發行之前，夏洛克・福爾摩斯探案系列早已聲名遠播、名聞遐邇，因此莫里斯・盧布朗在寫作的初期過程，亦巧妙地置入一名影射福爾摩斯的虛設人物，讓鼎鼎大名的偵探和亦正亦邪的怪盜在書頁間交鋒。於亞森・羅蘋系列探案的早期作品內，他與福爾摩斯的激烈對決總共出現五次，廣爲傳頌的情節讓醉心於小說的讀者津津樂道、直喊過癮，然而由於偵探的數度交手皆出自於盧布朗之手，他讓羅蘋位居上風、福爾摩斯屈居下位的舉動，引發福爾摩斯迷的不滿；經由柯南・道爾爵士的小小抗議，莫里斯・盧布朗將原文 Sherlock Holmes 置換爲 Herlock Sholmes，Watson 醫生則更名爲 Wilson。

〈遲來的福爾摩斯〉收錄於《怪盜紳士亞森・羅蘋》一書的最末篇，作者讓兩名神探於書中相會。內容陳述福爾摩斯受邀前往解開古堡之謎，中途巧遇羅蘋，然而現身在盧布朗筆桿下的福爾摩斯卻一反高貴優雅的形象，以摔倒、暴怒等狀況出盡洋相，並在鬥智中敗給羅蘋。

《怪盜與名偵探》前篇的「金髮女子」爲第一次互別苗頭。事件起始於放有中獎彩票的桃花心木製小寫字檯被偷、前法國駐柏林大使男爵被刺，以及藍鑽石不知所蹤，福爾摩斯接受請求前往法國辦案，卻於客輪上被五花大綁地送出法國，使其顏面盡失。在整體篇幅中，最令人激賞的部分在於羅蘋、盧布朗、福爾摩斯與華生的當面交談，而怪盜和神探難得的會面不免產生惺惺相惜之情懷。後篇「猶太燈」則是福爾摩斯收到羅蘋的挑釁信函，憤而前往巴黎接受第二回的挑戰。

第四回合的交戰位於《奇巖城》，被綑綁、注射痲藥的福爾摩斯被棄於警局門口，兩人因而埋下仇恨的種子；書末，福爾摩斯為逮捕羅蘋而開槍誤殺其情人。《813之謎》為最後一次的決鬥，福爾摩斯由於受到委託邀請而短暫露面，可惜花費四天時間，最末無功而返，反而是羅蘋在昏迷的狀態下，破解神祕難解的813密碼。

福爾摩斯對犯罪行為的學識充足，頗有音樂素養，其睿智優雅、觀察敏銳的個人特色深植人心，而亞森・羅蘋在神出鬼沒的行蹤中，透顯著溫柔多情、幽默浪漫的本性。面對最可敬又最可恨的對手，環繞著珠寶竊案、密室消失和神祕美女的題材；這場關於怪盜與名偵探的世紀對決，宛若傳奇般的交手實錄和競賽，我們只能永恆地經由口耳相傳的途徑，在本書內無止盡地緬懷與回味。

重溫大多數推理迷的美好回憶

推理評論名家　景翔

即使近幾年來，推理文學的發展已是枝繁葉茂、一片好景，各種推理小說，無論歐美、日本、古典、現代，都如百花盛綻，在市場上紛然並存。但若是問問推理迷是如何在這個園地裡啓蒙或入門的，相信至少有百分之八十以上的答案都會是因爲看了福爾摩斯和亞森羅蘋這兩大系列的小說。

如果一定要把這兩個傳奇性的人物作個高下之分，大概選福爾摩斯的人會多一些，因爲以現在來說，福爾摩斯的確已是推理文學中「神探」的代表人物，對於推理小說創作的影響也相當的大。

但是平心靜氣地回想一下，其實更多人在當時心儀的還是亞森羅蘋，因爲和觀察細微、邏輯周全，動腦比使力多的福爾摩斯比起來，充滿活力、計畫縝密、行動大膽，又充滿冒險性的亞森羅蘋，卻更符合年輕人心目中的英雄形象，尤其是以一般傳統的社會道德規範來看，打擊犯罪的福爾摩斯和盜取財物的怪盜（還不是如羅賓漢般「劫富濟貧」的「俠盜」）亞森羅蘋，顯然是分立在正反兩方，不過也正因爲如此，反倒讓有些叛逆性的青少年更加認同亞森羅蘋，尤其是我們那個警察有權力在馬路上抓人剪頭髮的時代，看到把警察玩弄於股掌之間的亞森羅蘋，怎麼會不因爲移情作用而崇拜有加。

不過再怎麼說，福爾摩斯和亞森羅蘋這兩個人物，畢竟還是春蘭秋菊，各擅勝場，幾乎是無分軒輊的。若是讓兩人對陣，定要分出個高下來時，讀者在心理上自不免會陷入左右爲難的矛盾中。

當年看《怪盜與名偵探》時是這樣的感覺，現在重讀這本書，感覺仍然未變，不一樣的是：當時完全是訴諸感情的反應，只希望這兩人能不分勝敗，有一個平分秋色的結果。在累積了更多閱讀經驗，也更理性的今天，卻覺得無怪乎莫里斯・盧布朗的這個系列小說能傳之後世、歷久不衰，因爲他的確有高超的寫作技巧和過人的說故事能力，對讀者的吸引力完全不因時間久遠而有絲毫褪色。

尤其是這本《怪盜與名偵探》，讓兩個旗鼓相當，勢均力敵的對手相互較勁，必須使雙方在交手過程中互有輸贏，而且每次勝敗，都必須讓贏的一方贏得漂亮，輸的一方又不至於輸得難看，這樣才能繼續爭鬥下去。而每一回合的設計，必須與其他回合不同，也就是說必須爲雙方都安排奇

招，還要越來越引人入勝，實在不是寫作功力不足的人所能勝任的。

如果能容我突發奇想的話，我倒覺得莫里斯·盧布朗處理這兩大對決很像金庸筆下的老頑童周伯通的左右手互搏，雖是精采百出，卻總還是勢均力敵的。

至於莫里斯·盧布朗在本書第二部的〈猶太燈〉中巧妙地把福爾摩斯與亞森羅蘋兩人給讀者的固有形象加以顛覆，用觀點不同來說明善惡的觀念不是一成不變的，則更是將原屬於大眾文學的內容提升到人性探索的層面了。

contents 目錄

I 金髮女子

II 猶太燈

chapter 1 二十三期五一四號

去年十二月八日，凡爾賽中學的數學老師吉布瓦在舊貨商的雜物堆中找到一張桃花心木製的小寫字檯。這張寫字檯有很多抽屜，正是這點吸引了他。

「正好送給蘇珊娜作爲生日禮物。」他想道。

他總是會想辦法在自己微薄的收入所能承受的範圍內讓女兒開心，因此他討價還價了一番，最後以六十五法郎成交。

就在他向老闆報送貨的自家住址的時候，一個外表優雅的年輕人在舊貨攤上由右往左逛了一遍，看見這件傢俱，問道：

「這多少錢？」

「這件已經賣掉了。」老闆回答說。

「啊！……大概是賣給這位先生了吧？」

吉布瓦先生看到有人也對自己買下的傢俱有興趣，就更加高興了。他向年輕人點頭打個招呼，就走開了。

不過才走不到十步遠就又碰上那個年輕人，那人將帽子拿在手上，用相當客氣的語調對他說：

「眞的非常抱歉，先生……我想問您一個很冒失的問題……您是特地來找這張寫字檯的嗎？」

「不。我原本是來找一座二手天平，爲了做物理實驗用的。」

「所以您也不是特別需要這個寫字檯囉？」

「我很喜歡它，就這麼回事。」

「因爲它是件有年代的古董嗎？」

「因爲它很實用。」

「既然這樣的話，如果用一張同樣實用甚至還更好的寫字檯來跟它交換，您應該會同意吧？」

「這張就很好了，我覺得沒有換的必要。」

「但是……」

吉布瓦先生是個生性多疑又容易發怒的人，他乾巴巴地回答說：

「先生，不要說了。」

那個陌生人依然擋在他面前。

「不管您買它花了多少錢，先生……我付您雙倍的價格。」

「不行。」

「三倍？」

「哦！不要再說了，」吉布瓦不耐煩地叫道，「屬於我的東西是不會賣的。」

年輕人用一種吉布瓦先生絕不會忘記的表情定定看著他，接著一言不發地轉身離開了。

一個小時之後，傢俱被送到吉布瓦先生位於維羅夫萊路上的小公寓裡，他把女兒叫了過來。

「這是給妳的，蘇珊娜，妳喜歡嗎？」

蘇珊娜是一個漂亮又外向活潑的姑娘，她衝上來勾住父親的脖子，快活地與他擁抱，彷彿收到了一件最好的禮物。

在女僕歐丹絲的幫助下，她將寫字檯放到自己的房間裡。當天晚上，她把所有的抽屜都打掃了一遍，將紙張、信封盒、信件、收藏的明信片還有幾樣祕密的紀念品（爲表哥菲力浦留的）小心地收進了寫字檯。

第二天早上七點半鐘，吉布瓦先生去了學校。十點的時候，蘇珊娜按照往常的習慣在學校出口處等他。對吉布瓦先生而言，能在校門對面的人行道上看見女兒優雅的姿態和孩子般的笑容，是極大的快樂。

他們之後一起回家。

「妳的寫字檯呢？」

「它太棒了！歐丹絲和我把它好好地擦拭了一遍。」

「這麼說妳很喜歡它了？」

「非常喜歡！簡直不知道之前沒它的時候，我是怎麼過的。」

當他們穿過屋子前面的花園時，吉布瓦先生建議說：

「我們吃午飯前先去看看它？」

「哦！好呀，這個主意不錯。」

她上樓到自己的房門口，卻發出驚慌的叫聲。

「發生什麼事？」吉布瓦先生結結巴巴地問道。

他緊接著走進房間——寫字檯不見了。

*　　　*　　　*

預審法官①對作案手法的簡潔明白表示驚訝。趁著蘇珊娜不在而女僕也出去買東西的時候，一個掛有牌照的貨運商人將自己的大車停在花園前，按了兩次門鈴——有鄰居看見他的牌照了。鄰居們不知道女僕不在家，沒有產生絲毫懷疑，那個人因此順利地完成這次偷盜行動。

要注意：沒有任何櫃子被破壞，屋子也沒被搞亂，而且蘇珊娜原本留在寫字檯大理石桌面上的錢包也在旁邊的桌上被找到，裡面的金幣都還在。因此偷盜的動機相當明確，這就使得案子更加無法解釋，到底爲什麼要爲這件微不足道的東西冒這麼大的風險呢？

吉布瓦老師能提供的唯一線索就是前一天的那個小插曲。

「那年輕人對我的拒絕十分氣惱，我清楚地記得他離開的時候還語帶威脅。」

當時的情況仍曖昧不明，舊貨商也被詢問，這兩位先生他一個都不認識。至於東西，他是花四十法郎在謝夫勒斯市買的，當時那寫字檯被當做遺物在處理，他覺得自己已經賣出了個好價錢。後續也沒再調查出其他有用的訊息。

但吉布瓦先生依然確定自己遭受了巨大的損失。寫字檯某個抽屜的夾層裡應該藏著一筆鉅款，這就是爲什麼那個年輕人那麼堅持，他知道財物藏在哪裡。

「我親愛的父親，我們要那筆錢有什麼用呢？」蘇珊娜反覆地說。

「怎麼會沒用！有了這樣一筆嫁妝，妳就可以有個好歸宿。」

但蘇珊娜中意的是她那個可憐的表哥菲力浦，她只能苦苦地嘆氣。在凡爾賽的小公寓裡，生活仍舊繼續著，但卻沒有以前那樣快樂，那樣無憂無慮了，生活因爲後悔和失望而變得沉悶晦暗。

兩個月之後，突然，一件重大的事件發生了，接著是一連串意料之外的機遇和災難……

二月一日下午五點半，吉布瓦先生剛回家，手上還拿著份晚報。他坐了下來，戴上眼鏡開始讀報紙。他對政治不感興趣，直接就翻開另一頁。一則新聞立刻吸引他的注意，新聞的標題是：

媒體協會第三次樂透開獎

二十三期五一四號贏得了一百萬……

報紙從他手上滑落，他眼前的牆壁開始晃動，心臟幾乎停止跳動。二十三期五一四號是他的號碼！他為了幫一個朋友的忙碰巧買的，他根本就不相信命運會眷顧自己，結果他中了！

他馬上掏出記事本，為了預防自己忘記，二十三期五一四號就寫在記事本扉頁上，但彩券呢？

他衝到書房找信封盒，他之前把那張寶貴的彩券夾在信封裡了。剛進門，他猛然停住了，踉蹌了一下，心頭一緊：信封盒不在那裡了。可怕的是，他突然意識到信封盒在好幾個禮拜前就不在那了！好幾個禮拜以來，他在批改學生作業的時候就沒看到眼前有信封盒！

花園的碎石上響起了腳步聲，他叫道：

「蘇珊娜！蘇珊娜！」

她跑過來，急急忙忙爬上樓，吉布瓦先生用緊張的聲音結結巴巴問道：

「蘇珊娜……盒子……信封盒呢？……」

「哪個信封盒？」

「就是羅浮宮的那個……我之前某個禮拜四拿回來的……原本就放在桌子這的。」

「爸爸你記得吧，那時候我們把它一起放到……」

「哪時候？」

「晚上……你知道的……就是那天晚上……」

「放在哪呢？快說啊……妳要急死我了……」

「放在哪？……就放在寫字檯裡啊。」

「被偷的那個寫字檯？」

「是啊。」

「在被偷了的那個寫字檯裡！」

他被嚇壞了，低聲重複了一遍，接著他握住女兒的手，用更低的聲音說道：

「女兒，那裡頭有一百萬啊，……」

「啊！爸爸，你怎麼沒跟我說啊？」她天眞地喃喃道。

「一百萬！」他接著說，「那是媒體協會樂透的中獎彩券啊。」

巨大的災難將他們擊垮了，他們沈默了很久，全沒有勇氣先開口。

最終蘇珊娜說道：

「但是，爸爸，他們還是會讓你領獎的吧。」

「爲什麼？有什麼憑證呢？」

「還要憑證啊？」

「當然啦！」

「你沒有嗎？」

「有，我原本有一項憑證。」

「那麼？」

「但它在那個信封盒裡。」

「也在失蹤的那個信封盒裡？」

「是的，那錢會被別人領走的。」

「太可恨了！哎，爸爸，你可以向他們提出抗議嗎？」

「誰知道呢？誰知道呢？那傢伙太強了！他有很多門路！妳還記得吧，之前寫字檯的案子……」

他突然精力充沛地站起身，跺著腳說道：

「好，不，不，他領不到的，這一百萬，他領不到的！他憑什麼能領到？不管他有多機靈，說到底他也無能爲力。因爲他只要去領獎就馬上會被關進監獄！啊！我們走著瞧，你這傢伙！」

「爸爸你有主意了？」

「捍衛我們的權利，堅決捍衛到底，不管發生什麼事！我們會成功的！……一百萬是我的——我會拿到的！」

幾分鐘後，他發出了這份電報。

巴黎卡布斯納路地產信貸銀行行長：

本人爲二十三期五一四號彩券持有人，並且採取一切法律途徑拒絕非法冒領者領獎。

吉布瓦

幾乎與此同時，地產信貸銀行收到了另外一份電報。

二十三期五一四號彩券爲我所有。

亞森・羅蘋

每次我開始講述亞森・羅蘋某一樁冒險經歷的時候，往往我都會覺得尷尬，因爲即便是這些冒險中最不起眼的部分，讀者也好像早就知道每個細節一樣。的確，我們的「民族怪盜」（人們就是給了他這樣一個美名）身上，沒有一個舉動不引起轟動效應，沒有一項功績不被仔仔細細研究個

透，沒有一次行動不被賦予最詳盡的評述，而這樣詳盡的評述通常只用於講述英雄人物的作爲。

舉個例子，有誰不知道〈金髮女子〉這個古怪的故事，記者們爲當中離奇的片段寫出了大標題：**二十三期五一四號！……亨利—馬當街案……藍鑽石……**英國名偵探夏洛克．福爾摩斯的介入引起了多少波瀾！這兩位偉大藝術家交鋒過程中的每一次波折激起了怎樣的群情沸騰！流動攤販大聲叫嚷著「亞森．羅蘋被捕」的消息時，街頭又是那樣喧譁一片！

而我帶來了一些新的東西：謎底。亞森．羅蘋的這些經歷總有著不明之處，而我將它們解決了。我重寫了一些已被反覆閱讀的文章，抄錄了從前的採訪，不過我將所有這些都進行分類，使它們完全符合事實。這項工作的合作對象就是亞森．羅蘋本人，他幫了我很多忙。當然這其中也有華生醫生的功勞，他是福爾摩斯的知己與助手。

大家都一定還記得，這兩份電報甫一公開即引起廣大迴響。僅僅亞森．羅蘋的名字就是一個大意外，預示著這件事必將成爲所有人茶餘飯後的談天材料。

地產信貸銀行即刻進行了調查，結果表明二十三期五一四號彩券是由里昂信貸銀行凡爾賽支行賣給炮兵指揮官貝西的。不過這位指揮官已經墜馬身亡，人們得知他死前不久曾向幾位同事透露他要把這張彩券轉讓給一位朋友。

「這位朋友就是我。」吉布瓦先生肯定地說。

「請您出示證明。」地產信貸銀行行長提出異議。

「要我證明？這容易。起碼二十個人可以告訴您我和這位指揮官保有聯絡，我們過去還常常在達姆廣場的咖啡館碰面。也是在那裡，有一天他手頭有點緊，我爲了幫他而花二十法郎買下他的彩券。」

「您有證人可以證明這個交易嗎？」

「沒有。」

「這樣的話，您的說法有什麼依據呢？」

「證據就是他就此事寫給我的一封信。」

「哪封信？」

「就是和彩券別在一起的那封。」

「請您出示。」

「但它也在那張被偷走的寫字檯裡呀！」

「那您得找到它。」

亞森·羅蘋公開了這封信。《法國迴聲報》插了一條消息——這是他的官方報紙，似乎他是這份報紙的主要股東之一，這條消息宣稱他將貝西指揮官寫給他本人的信交給了自己的助理——律師戴迪南先生。

這下大家樂壞了：亞森·羅蘋請了律師！他走法律途徑請了一位法界人士來代表自己！

所有媒體都湧向律師戴迪南，這是一位有影響力的激進派議員，爲人極度正直，而且思維敏銳，有些懷疑主義，樂於持相反論調。

戴迪南律師從未見過亞森．羅蘋，他對此感到非常遺憾。不過他剛剛才接到他的指示，對於亞森．羅蘋選中自己他感到很榮幸，他打算全力捍衛自己這位客戶的權利。於是他拿出案件檔案，直接展示指揮官那封信。這封信確實證實了彩券的轉讓，不過並沒有提及購買者的名字。「**我親愛的朋友……**」，信上只是這麼寫。

「『我親愛的朋友』就是指我，」亞森．羅蘋在隨信附上的一張便條上補充道。「最好的證據就是我擁有這封信。」

記者又蜂擁而至吉布瓦先生家中，而他只能反覆說：

「『我親愛的朋友』就是指我本人，亞森．羅蘋連同彩券一起，偷走了指揮官的信。」

「請他證明啊！」羅蘋對記者反駁道。

「但確實是他偷走了寫字檯呀！」吉布瓦先生叫道，他面對的還是同一幫記者。

羅蘋又反擊道：

「請他證明啊！」

這場好戲熱鬧紛呈，兩位二十三期五一四號彩券的持有人當眾對決，記者們折返於兩人之間，亞森．羅蘋的冷靜自持益發烘托出可憐的吉布瓦先生有多瘋狂失控。

媒體上充斥了這個不幸人的哀嘆！他巧妙地吐露自己的厄運，打動人心。

「先生們，你們要明白，那混蛋從我這兒偷走的是蘇珊娜的嫁妝啊！我自己是無所謂，可是蘇珊娜！你們想想，一百萬啊！十萬法郎的十倍啊！啊！我就知道那張寫字檯裡頭有寶貝！」

有人反駁他說他的對手拿走這件傢俱的時候並不知道裡頭有張彩券，而且任憑誰也無法預料這張彩券會中大獎。不過這都是白費力氣，吉布瓦先生只是哀嘆：

「算了吧，他知道的！……不然他爲什麼費這麼大力氣把那件破傢俱弄走？」

「因爲一些未知的原因，不過肯定不是爲了搶奪當時只值區區二十法郎的那張破紙。」

「那是一百萬啊！他知道的……他什麼都知道！……啊！你們不知道他，這個強盜！……反正他不是從你們那邊搶走一百萬！」

這樣的對話本來可以持續更長的時間，不過在第十二天的時候，吉布瓦先生收到了亞森・羅蘋的一封信，上面寫著「保密」的字樣。他讀著這封信，愈發感到焦慮：

先生，大家都在拿我們取樂。您不認爲是到了該認眞解決的時候了嗎？我這方面已經下定決心了。

情況很清楚：我擁有一張我無權兌獎的彩券，而您有權兌獎，手頭上卻又沒有這張彩券，缺了彼此我們什麼都做不了。

但是您不會同意向我出讓您的權利，我也不會向您讓出我的彩券。

那怎麼辦呢？

我只找到一個方法，那就是我們平分，五十萬歸您，五十萬歸我。這不是很公平嗎？這項所羅門的審判②不正符合我們倆對公正的需求嗎？

這是一個公平的解決方案，而且馬上就可以實施。這可不是您能討價還價的一項提議，您迫於眼下的情況必須服從。我給您三天時間考慮，我希望禮拜五早晨能在《法國迴聲報》的廣告訊息欄裡讀到一則不引人注意的給亞．羅先生的消息，含糊其辭地表明您同意我提出的合約。您可以馬上獲得那張彩券並領取一百萬獎金，不過得給我五十萬法郎，我稍後會通知您透過什麼管道將錢給我。

如果您拒絕我的提議，我會採取必要的措施得到同樣的結果。您要是固執己見的話，除了會給自己帶來不小的麻煩，還會因爲我另外扣下二十五萬法郎作爲額外的費用而遭受損失。

先生，請您接收我最崇高的敬意。

亞森．羅蘋

吉布瓦先生一怒之下犯了大錯，他對外展示了這封信並且還任由別人抄下副本。他因爲憤怒做出各種蠢事。

「做夢！他什麼都拿不到！」他在一群記者面前叫道。「平分屬於我的東西？想都別想，他要是願意就把彩券撕了！」

「可是五十萬法郎總比什麼都沒有來得好。」

「不是這個問題，那本來就是我的權利。我會在法庭上證明那是我的權利。」

「所以您要控告亞森・羅蘋？這可有意思了。」

「不是，是告地產信貸銀行，它應該把這一百萬給我。」

「但是您沒有那張彩券，還是您有能證明您買下那張彩券的證據？」

「當然有證據，因爲在這封信上，亞森・羅蘋的話已經等於承認他偷了寫字檯。」

「亞森・羅蘋的話對法庭而言足夠當作證據嗎？」

「不論如何，我都會起訴的。」

於是人們又熱鬧起來，紛紛開始打賭，有人認爲羅蘋會制服吉布瓦先生的，也有人認爲羅蘋會因爲這些威脅受到懲罰。人們不免有些擔心，因爲兩位對手的實力實在太過懸殊，一個發起猛烈的進攻，另一個則像受到圍捕的野獸一般驚慌失措。

禮拜五那一天，人們迫不及待地搶到一份《法國迴聲報》，在第五版廣告訊息欄中仔細搜尋。沒有一行字是寫給亞・羅先生的。吉布瓦先生用沈默做出了回答，這便是宣戰了。

當天晚上，人們透過報紙得知吉布瓦小姐被綁架的消息。

在亞森．羅蘋的各場演出（我們可以用這個詞）中，最讓人們覺得好笑的是警方的喜劇角色。這一切都當著警方面前進行。羅蘋隨便地發表言論，寫信，發出通知、命令、威脅，並付諸實行，彷彿警察局長、警探和警員都不存在似的，彷彿沒人可以阻止他想怎麼做。這些人好像不存在似的，沒有造成任何障礙。

然而警方開始坐立不安了！只要涉及亞森．羅蘋的事情，警方自上而下就像是著了火一樣，怒氣沖沖地沸騰起來。他是警方的敵人，會嘲弄、挑釁和蔑視他們，或者更糟糕的就是，徹底忽視他們。

對這樣的敵人又能做些什麼呢？根據一個傭人的證詞，十點差二十分的時候，蘇珊娜出了家門。十點零五分的時候，她父親走出學校，沒有看到通常都在人行道上等候的女兒。也就是說，一切都發生在蘇珊娜從家走到學校，或者至少是學校附近這二十分鐘的路程中間。兩位鄰居確認在離她家三百步遠的地方遇到過她，還有一位女士看到過一個特徵與蘇珊娜相符的年輕女孩沿著街道走過。然後呢？然後就不知道了。

搜查在四處進行，火車站和關卡的員工也都接受詢問，但他們當天沒有注意到任何和年輕女孩被綁架搭得上邊的事情。而在阿弗黑鎮，一個雜貨商宣稱他向一輛從巴黎開過來的汽車提供過潤滑油。駕駛座上坐著一個司機，裡面是一名金髮女子——非常亮眼的金髮，證人詳細描述說。一小時後這輛汽車從凡爾賽方向開了回來。因爲塞車不得不放慢了車速，雜貨商因此看到金髮女子旁邊坐了另外一個裹著披肩和面紗的女子，毫無疑問這是蘇珊娜・吉布瓦。

但這樣一來也就是說，綁架發生在光天化日之下，一條人來人往的馬路上，甚至就在市中心！這怎麼可能呢？到底是在什麼地方發生的呢？既沒有人沒有聽到呼救聲，也沒有人看到任何可疑的行動。

雜貨商描述了那輛汽車的特徵，那是一輛二十四匹馬力的標緻大型轎車，車身爲深藍色。在全面的尋找探察下，警方終於在格蘭登車行找到了線索，車行的女老闆鮑勃・瓦爾圖爾在禮拜五的早晨，將一輛標緻大車租給了一個金髮女子，之後也沒有再見到她。

「那司機呢？」

「是個叫做恩斯特的傢伙，前一晚剛憑著幾份出色的推薦信應徵進來的。」

「他在這嗎？」

「不在，他把汽車開回來後，就再也沒來上班了。」

「我們能找到他的行蹤嗎？」

「去推薦他的人那裡應該可以，這是他們的名字。」

警方去了這些人的住處，但他們之中沒有人認識這個叫做恩斯特的傢伙。

如此一來，警方爲了走出黑暗而追蹤下去的線索，只把他們帶進另一團黑暗和謎團中。

這場戰鬥的開端對吉布瓦先生而言簡直是場災難，他無力承受。自從女兒失蹤之後，他就極度沮喪且內疚不已，於是便妥協了。

一條訊息出現在《法國迴聲報》上，所有人都對此發表了評論，斷言他只是簡簡單單地屈服了，背後沒有其他動機。

這就是羅蘋的勝利，戰爭在四天內結束了。

*　　　*　　　*

兩天之後，吉布瓦先生來到地產信貸銀行。他被帶到行長面前，遞上了二十三期五一四號彩券，行長驚訝不已。

「啊！您拿到彩券了？彩券還給您了？」

「它之前只是弄丟而已，現在就在這裡了。」吉布瓦先生回答道。

「可是您之前不是說……有什麼問題……」

「那只是玩笑話罷了。」

「不過我們還是需要有能證明您擁有這張彩券的憑證。」

「指揮官的信可以嗎？」

「當然可以。」

「喏，在這兒呢。」

「很好。把這些都交給我們吧，我們需要兩週時間來驗明眞僞。一旦可以領取獎金我就會馬上通知您。在此期間，先生，我認爲您最好別再多開口，就讓這件事在沈默中結束吧。」

「這也是我的意思。」

吉布瓦先生的確沒再向媒體開口，行長也一樣。但是，世上沒有不透風的牆，突然間大眾就知道亞森・羅蘋竟然有膽量把二十三期五一四號彩券還給吉布瓦先生。聽到消息的人們既震驚又佩服。敢把這樣重要的王牌「寶貴的彩券」打出去，眞是個高手！當然，他丟出這張牌也是胸有成竹的，因爲他還有另外一張王牌在手呢。不過萬一年輕姑娘跑了呢？如果他劫持的人質被成功解救呢？

警方察覺到敵人的弱點，因此更加的努力。那些原本想看警方笑話的人也一下子轉移陣營，轉而期待看到主動把優勢讓出來的羅蘋陷入自己一系列計謀的泥沼，他覬覦的那一百萬會一毛也拿不到……

不過重點是要找到蘇珊娜，但她依然沒有下落，搜尋沒有任何進展，她也沒有自行逃脫出來！人們覺得亞森・羅蘋算贏了第一回合，不過更難的還在後頭！吉布瓦小姐在他手上，他只有拿到五十萬法郎才會放人。但交易的地點和方式呢？要想進行交易就得約好見面的時間與地點，難道吉布瓦先生不會事先通知警方，使自己人財兩不失嗎？

有人採訪了吉布瓦先生，但他整個人都很消沉，只想一個人靜一靜，一點消息也不肯透露。

「沒什麼好說的，目前我能做的就是等待。」

「那吉布瓦小姐呢？」

「還在尋找。」

「不過亞森．羅蘋有再寫信給您吧？」

「沒有。」

「您確定嗎？」

「不。」

「那就是有寫囉，他有什麼指示？」

「無可奉告。」

戴迪南律師家中也遭受了圍攻，不過他也守口如瓶。

「羅蘋先生是我的客戶，」他裝出嚴肅的樣子說道，「你們明白我有責任不透露委託人的相關資訊。」

這些神神祕祕刺激了人們的好奇心，顯然某些計畫正在暗中醞釀。亞森．羅蘋布下了一張網，並開始收網，而與此同時，警方在吉布瓦先生周圍日夜監視。人們分析只有三種可能的結果：一是羅蘋被警方逮捕；二是羅蘋既拿到錢又順利脫逃，大獲全勝；三是羅蘋計畫失敗，沒拿到錢，但仍成功脫逃。

最終，大眾的好奇心只從後續的表面報導上得到一部分的滿足，以下我要講的這些則是首次披露出來的真實情況。

三月十二日禮拜二，吉布瓦先生收到了一個外表看來很普通的信封，裡頭是一份地產信貸銀行的通知。

禮拜四下午一點鐘的時候，他乘上了往巴黎的火車。兩點鐘的時候，銀行將一千張面額一千法郎的鈔票交到他手上。當他顫抖著一張張點著錢時——這筆錢不正是蘇珊娜的贖金嗎？銀行大門的不遠處停著一輛車，車上兩個人正在交談。其中一個頭髮已經花白，精力卻顯得很充沛，與他一副小職員的打扮和舉止格格不入。這就是葛尼瑪探長，老葛尼瑪探長是羅蘋的死對頭了，他對佛朗方警員說道：

「用不了多久……頂多再五分鐘，我們就可以見到那傢伙了，都準備好了吧？」

「一切就緒。」

「我們有幾個人？」

「八個，其中有兩個騎自行車待命。」

「加上我一個能抵得上三個，人手夠了，不過也不算多。不惜任何代價，一定不能讓吉布瓦離開我們的視線……不然的話他就會去赴羅蘋和他訂下的約會了。他會用五十萬去把女兒換回來，這件事就結束了。」

「但他爲什麼不和我們一起行動呢？這樣事情會更容易解決。他要是和我們合作的話，就可以把一百萬都留下了。」

「是這樣沒錯，不過他也害怕。如果他試圖使那個人拿不到他要的東西，他就要不回自己的女兒了。」

「哪個人？」

「他。」

葛尼瑪用嚴肅的語調說出這個詞，帶著幾分害怕，彷彿自己說的是一個超人，還能感受到他揮舞的魔爪。

「眞是好笑，」佛朗方警員說道，「爲了怕被這位先生發現，我們竟然得這麼鬼鬼祟祟。」

「有羅蘋在，世界就顚倒了。」葛尼瑪嘆著氣說道。

一分鐘過去了。

「注意。」他說道。

吉布瓦先生出來了，他走到金蓮路的盡頭之後左轉林蔭路，沿著街邊的商店慢慢地走，還一邊欣賞著櫥窗裡的展示品。

「我們的顧客太冷靜了，」葛尼瑪說道，「一個懷裡有一百萬的人是不會這麼冷靜的。」

「他會有什麼問題嗎？」

「哦！沒什麼……不管怎麼說，都要小心，羅蘋畢竟是羅蘋，不能大意。」

這時吉布瓦先生走向一間報攤，挑了幾份報紙。他拿了找零的錢，攤開其中一張報紙，邊走邊讀起來。突然之間，他一躍跳上了停在人行道上的一輛汽車，那輛車的引擎是開著的，速度很快，開過瑪德蓮地鐵站就消失了。

「該死！」葛尼瑪叫道，「這又是他的拿手花招！」

葛尼瑪衝了過去，其他幾個人也跟著他一起跑，繞過了瑪德蓮地鐵站。然後他突然笑了出來，那輛汽車竟拋錨了，就停在馬雷澤爾布大街的入口處，吉布瓦先生正從車上走下來。

「快，佛朗方……司機……可能就是那個叫恩斯特的傢伙。」

佛朗方找上了司機，這傢伙名叫加斯東，是汽車出租公司的員工；十分鐘之前，有位先生攔住他，請他別關油門，在報攤附近等另外一位先生上車。

「第二位先生，」佛朗方問道，「他給的地址是什麼？」

「沒有地址……『馬雷澤爾布大街……梅斯納路……雙倍小費』……就這些。」

就在他們說話的時候，吉布瓦先生一分鐘也沒耽擱，跳上了第一輛路過的計程車。

「司機，到地鐵協和廣場站。」

吉布瓦先生下車後，搭地鐵到王宮—羅浮宮站，然後出地鐵站又搭上另一輛計程車，讓它開到地鐵證券交易所站，再次坐上地鐵，又在維埃站下車，然後坐上第三輛車。

「司機，到克萊佩倫路二十五號。」

克萊佩倫路二十五號和巴提諾大街交叉口的拐角處有一棟房子，吉布瓦走上房子的二樓，按了房間的門鈴，有位先生來開了門。

「請問戴迪南律師在嗎？」

「我就是，您大概是吉布瓦先生吧。」

「正是。」

「我正等著您呢，先生。請進來吧。」

當吉布瓦先生走進戴迪南律師的書房時，掛鐘指向了三點。他馬上說道：

「約定的時間到了，他還沒來嗎？」

「還沒有。」

吉布瓦先生坐下來擦了擦額頭上的汗，又看了看自己的錶，彷彿要再確定時間沒錯似的，焦慮地問道：

「他會來嗎？」

律師回答說：

「先生，您問我的這件事也正好是我最想要知道的事情，我從來沒有像這樣擔心過。不管如何，他要是眞的來的話，冒的風險就太大了。兩個禮拜以來，這棟房子一直處於嚴密的監視下……警方根本不信任我。」

「他們也不信任我，所以我不敢肯定跟著我的員警眞的被我甩掉了。」

「但是……」

「這不是我的錯呀，」吉布瓦老師急忙叫道，「這不能怪我呀，我答應會按照他的命令行動，所以我每一步都完全遵照他的指令，在他指定的時間領了錢，按他說的方法來到您這。因爲我要對我女兒遭遇的不幸負起責任，所以一直都規規矩矩地遵守約定，他也該遵守他的約定。」

吉布瓦先生用同樣焦慮的聲音補充道：

「他會把我女兒帶回來的，是吧？」

「我希望如此。」

「但是……您見過他嗎？」

「我，沒有啊！他只是寫信請我接待您跟他兩位……並在三點前把我的傭人都打發出去，在您來之後到他離開前這段時間內不要讓任何人進我的房間。如果我不同意他的提議，他請我透過《法國迴聲報》留訊息通知他。但我很樂意爲亞森・羅蘋服務，所以我什麼都答應了。」

吉布瓦先生哀嘆道：

「天啊！這一切會怎麼結束啊？」

他從口袋裡拿出銀行的鈔票，將它們放在桌子上，分成了數量相等的兩捆。然後兩人都不再開口了。吉布瓦先生時不時側耳細聽……還沒人按門鈴嗎？

隨著時間過去，他越來越焦慮，戴迪南律師也感到有些痛苦。

有那麼一刻律師甚至失去了冷靜，突然站起身說道：

「我們見不到他了……您覺得呢？……到這來太瘋狂了！即便他相信我們是老實人，不會出賣他，但這裡對他來說還是太危險了。」

吉布瓦先生已經垮了，兩手放在錢堆上，結結巴巴地說道：

「讓他來吧，我的上帝，讓他來吧！只要能找到蘇珊娜，我願意把這些都給他。」

門突然間打開了。

「一半就夠了，吉布瓦先生。」

門口站著一個穿著優雅的年輕人，吉布瓦先生馬上就認出他就是那個在凡爾賽舊貨商攤附近與自己攀談的人，朝著他衝過去。

「蘇珊娜呢？我女兒在哪兒？」

亞森·羅蘋小心地關上門，靜靜地摘下手套，對律師說道：

「我親愛的律師，您同意接受我的委託，捍衛我的權益，對您的這項善舉我眞有說不盡的感謝，我不會忘記的。」

戴迪南律師喃喃說道：

「我沒聽見您按門鈴啊……甚至沒有開門的聲音……」

「按門鈴和開門的動靜本來就不該讓人聽見。我在這兒了，這才是關鍵所在。」

「我女兒！蘇珊娜！您對她做了什麼？」吉布瓦老師又問道。

「我的上帝啊，先生，您太著急了！放心吧，再等一會兒您的千金就會在您懷裡了。」

羅蘋隨便走了幾步，然後用一種大老闆褒獎的語調說道：

「吉布瓦先生，我對您剛剛的機靈表示祝賀。要不是汽車壞了，我們就會在星形廣場碰頭了，也不用來這打擾戴迪南律師……算了！反正已經這樣了。」

羅蘋看見了桌上的兩疊鈔票，叫道：

「啊！太好了！一百萬在這了……我們就別浪費時間了。您同意嗎？」

「可是，」戴迪南律師站到桌前反對說，「吉布瓦小姐還沒到呢。」

「所以？」

「所以，她不是必須得在場嗎？」

「我明白了！我明白了！大家對亞森・羅蘋的信任不過是有條件的。擔心我拿了五十萬卻不放人質走。啊！我親愛的律師，您太看輕我了！因為命運的安排，我不得不做出一些有點……奇怪的舉動，人們就懷疑我的善意……懷疑我！我是個認眞且正直的人！再說，親愛的律師，如果您擔心的話，您打開窗戶叫人好了，街上正站著十幾個員警呢。」

「您這樣認爲？」

亞森．羅蘋揭開窗簾。

「我知道吉布瓦先生是沒法甩掉葛尼瑪的……不信您看，就像我說的，他就在那，我那個勇敢的警察朋友！」

「這怎麼可能！」吉布瓦老師叫道，「我對您發誓……」

「發誓您沒有出賣我？……我相信您，只是這些傢伙都機靈得很。瞧，我看見佛朗方了！……還有格雷歐姆！……還有狄耶茲！……我的好朋友全都在這了！」

戴迪南律師驚訝地看著他，他多麼鎮定啊！笑得那麼開心，像是在玩孩子的遊戲，沒有半點擔心那些威脅自身的危險。

比起員警的出現，羅蘋的鎮定自若更讓戴迪南律師放心，他從放著鈔票的桌邊走開了。

羅蘋先後拿起兩疊錢，從中各取出二十五張遞給戴迪南律師：

「我親愛的律師，這是吉布瓦先生和我給您的報酬，您應得的。」

「你們沒欠我錢啊。」戴迪南律師回答說。

「怎麼會？我們給您帶來了那麼多麻煩！」

「這些麻煩我可是很樂意接受的！」

「親愛的律師，也就是說您不願意接受亞森・羅蘋的東西了。」他嘆息道，「這就是壞名聲的後果呀。」

他把五十張紙幣遞給吉布瓦先生。

「先生，爲了紀念我們的相遇，請允許我把這些交給您，就當作是我給吉布瓦小姐的結婚禮物吧。」

吉布瓦先生立刻接過錢，抗議說：

「我女兒還沒結婚呢。」

「沒有您的同意，她當然不能結婚，不過她心裡卻很想結呢。」

「您知道些什麼？」

「我知道有些年輕女孩總是不經自己父親的同意，就作著結婚的美夢。好在有像亞森・羅蘋這樣的天才，在寫字檯抽屜裡發現了這些女孩的祕密。」

「您沒在寫字檯裡發現其他東西嗎？」戴迪南律師問道，「我承認我很好奇想要知道爲什麼您那麼想要那張寫字檯。」

「出於歷史的原因，我親愛的律師。與吉布瓦先生的看法恰恰相反，那張寫字檯裡除了那張彩券外並沒有其他寶貝，而且我也不知道那張彩券的存在，但我還是很想要它，而且一直以來都在尋找它。這張用紫杉木與桃花心木製作、裝飾著葉板的寫字檯是在瑪麗・瓦萊夫斯卡夫人③在布隆一處不起眼的小別墅中找到的，其中一個抽屜上還刻有題字：致法國皇帝拿破崙一世，他忠實的僕人芒斯永敬上。題字上方還用刀尖刻了這些字：給瑪麗。後來拿破崙又讓人爲皇后約瑟芬複製了一張，因此，人們在馬爾梅松城堡④欣賞的那張寫字檯，不過是我收藏這張的不完美複製品罷了。」

吉布瓦老師哀嘆道：

「天啊！要是當時在舊貨商那我就知道是這麼回事的話，就把它讓給您了！」

羅蘋笑著說道：

「而且您就可以一個人獨佔二十三期五一四號彩券了。」

「您也就不會綁架我女兒了。」

「綁架？」

「我女兒被您綁架……」

「但親愛的先生，您弄錯了，吉布瓦小姐沒有被綁架。」

「我女兒沒被綁架！」

「沒有，綁架意味著有暴力介入，但她是自願充當人質的。」

「自願！」吉布瓦先生被弄糊塗了。

「幾乎是她自己要求的！您一定覺得奇怪？像吉布瓦小姐這樣一個年輕聰明，內心又充滿激情的女孩子，怎麼會願意捨棄自己的一半嫁妝呢！啊！我對您發誓，其實很容易就能讓她明白，爲了說服您這樣的老頑固只能這麼做，沒有其他辦法。」

戴迪南律師覺得很有趣，他說道：

「最難的是您還要先跟她打好關係，吉布瓦小姐竟讓陌生男人和自己攀上了關係，這可讓人無法接受。」

「哦！可不是我去攀關係，我可沒那麼榮幸能認識她，是我一個女性朋友去談的。」

「大概是車裡那位金髮女子吧。」戴迪南律師打斷道。

「是的，她們在學校附近第一次碰面之後，一切問題都迎刃而解。接下來吉布瓦小姐就和她的新女伴去旅行了，她們到了比利時和荷蘭。這樣的旅行對一個年輕女孩子來說是快活而且很有意思的，其他的就讓她自己跟您解釋吧……」

前廳的門鈴響了，接連三下，然後一下、再一下。

「是她，」羅蘋說道，「我親愛的律師，如果您願意的話……」

戴迪南律師快步走了過去。

兩個年輕女子進了門，其中一個直接撲進了吉布瓦先生的懷中，另一個走到羅蘋身邊。她個頭高䠷、身材勻稱、皮膚相當白淨，一頭金黃色的長髮束成兩邊鬆鬆的綁著，閃耀著光澤。她穿著黑色的衣服，除了脖子上一條繞成五圈的黑玉項鏈外沒有其他裝飾，看起來卻高貴優雅。

羅蘋對她說了幾句話，隨後向吉布瓦小姐打招呼說道：

「小姐，對您這些日子來造成的困擾，我請求您的原諒，不過我希望您不會太不愉快……」

「不愉快！不，我很快活，不過我可憐的父親一定相當擔心我。」

「那太好了。再抱抱他吧，利用這個機會同他談談您的表哥——這可是個相當不錯的機會。」

「我的表哥……什麼意思？……我不明白……」

「不，您明白的……您的表哥菲力浦……這個年輕人的信您可是十分寶貝的藏著呢……」

蘇珊娜臉紅了，有些失態，不過最後還是像羅蘋建議的那樣重新投入了父親的懷抱。

羅蘋用溫柔的眼神看著他們父女二人。

「做好事得到多好的報酬啊！多動人的一幕！快樂的父女二人！這幸福是羅蘋你的傑作！這些人往後會為你祈福的……你的名字會被虔誠地傳給他們的兒孫輩……哦！家庭！……多美好的家庭！……」

羅蘋走向窗邊。

「葛尼瑪還在這兒嗎？……他應該會高興看到這些眞情流露！……不，他不見了……一個人影也看不見……他不在，其他人也不在……該死！事情嚴重了……如果他們已經到了大門口我也不意外……可能就在門房那兒……甚至在樓梯上了！」

吉布瓦先生開始有了動作，既然女兒已經回來了，他也變得實際起來。抓住對手對他而言就是多了五十萬。他本能地邁出一步……羅蘋看似不經意地擋住了他的路。

「您去哪兒，吉布瓦先生？想請外面那些人來照顧我嗎？太好了！但別麻煩了。再者我發誓他們現在比我更爲難。」

他邊思考邊說道：

「他們到底知道些什麼呢？您在這兒，吉布瓦小姐也在這兒，因爲他們看見她同一個陌生女子進來了。但他們今天早上已經把這棟房子從地窖到閣樓全部搜過，所以他們不可能猜出我已經溜進來了，他們只是還在等著我出現好逮住我……可憐的傢伙！……除非他們能猜出那個陌生女子是我派來的，打算抓她來逼我現身……這樣的話他們一定已經準備好要在她離開的時候將她抓起來……」

一聲鈴響。

羅蘋猛的一下制服了吉布瓦先生，用乾巴巴卻專橫的聲音對他說道：

「別動，先生，想想您的女兒，理智些，否則的話……至於您，戴迪南律師，我想您不會違背您的承諾吧。」

吉布瓦先生被禁錮在原地，戴迪南律師也沒有動。

羅蘋不慌不忙拿起自己的帽子，上面沾了些灰，他用袖子背面擦了擦。

「我親愛的律師，以後您有用得著我的地方儘管開口……祝您一切都好，蘇珊娜小姐，請代我向菲力浦先生問好。」

他從口袋裡掏出一塊沉甸甸的雙殼金屬懷表。

「吉布瓦先生，現在是三點四十二分，我允許您三點四十六分的時候走出客廳……一分鐘也不能提前，好嗎？」

「但他們會破門而入的。」戴迪南律師忍不住說道。

「您忘了法國法律了，我親愛的律師！葛尼瑪絕不敢強行進入一位法國公民的家中。我們本來還有時間好好玩一局橋牌的。不過請你們原諒，你們三個看起來都太過激動，我可不願趁人之危……」

他把錶放在桌上，打開客廳的門，對金髮女子說道：

「您準備好了沒，親愛的朋友？」

他充滿敬意地向吉布瓦小姐打了最後一個招呼，走出去關上了門。

接著人們聽見他在前廳大聲地說：

「你好，葛尼瑪，還好吧？代我向葛尼瑪太太問好……哪天我可要去叨擾她一頓午飯……再見了，葛尼瑪。」

又是一聲門響，動靜很大，接著就是不停的敲門聲，樓梯間也有說話的聲音。

「三點四十五了。」吉布瓦先生喃喃說道。

幾秒鐘之後，他下定決心，走到前廳。羅蘋和金髮女子已經不在那了。

「爸爸！……不要！……再等等！……」蘇珊娜叫道。

「等等？妳瘋了！……和那個無賴客氣……那五十萬呢？……」

吉布瓦先生說著便打開了門。

葛尼瑪衝了進來。

「那個女的呢……她在哪裡？還有羅蘋呢？」

「他之前在那裡的……他在那裡。」

葛尼瑪發出了勝利的歡呼：

「我們逮住他了……房子已經被包圍了。」

戴迪南先生提出了異議：

「那旁邊的暗梯呢？」

「暗梯通到院子裡，只有一個出口，就是大門，那邊有十個人守著呢。」

「但他不是從大門進來的……他當然也不會從那離開……」

「那會從哪呢？」葛尼瑪反駁道，「……空氣裡蒸發？」

他拉開一處簾幕，長長地走道通往廚房。葛尼瑪沿著走道跑過去，發現暗梯的門是鎖著的。

他透過窗戶問一名警員：

「沒人吧？」

「沒人。」

「那麼，」他叫道，「他們就還在屋子裡！……藏在某個房間了！……他們完全不可能逃脫……啊！羅蘋你這小子，你以前就不把我放在眼裡，這次我可要報仇啦！」

晚上七點鐘的時候，局長帝杜伊先生很詫異還沒有任何消息，他來到克萊佩倫路，詢問了看守的警員，然後上樓到戴迪南律師的家中，戴迪南將他帶到自己的房間。在那他看見一個人，或者更準確地說，是兩條腿在地毯上掙扎，腿主人的上半身都陷到了壁爐裡。

「喂！……喂！……」帝杜伊先生笑著叫道：

「好呀，葛尼瑪，你這壁爐工在做什麼呢？」

探長從壁爐裡爬出來，臉上一團黑，衣服上也都是煙灰，幾乎讓人認不出來了，但眼裡仍閃著狂熱的光。

「我在找他。」他咕噥道。

「誰？」

「亞森．羅蘋……亞森．羅蘋和他的女友。」

「你認爲他們會藏在壁爐的通道裡嗎？」

葛尼瑪站起身，在他上司的袖子上留下了五個手指的煤炭印子，用瘖啞的聲音怒道：

「局長，他們還會在哪呢？他們一定在屋子裡某個地方，他們是和你我一樣有血有肉的人，不可能化成煙消失不見了。」

「是不可能，可是他們還是成功逃走了。」

「從哪邊逃走的呢？從哪邊逃走的呢？房子已經被包圍了！屋頂上也有員警守著。」

「旁邊的屋子？」

「和這棟並不相通。」

「其他樓層的公寓？」

「我問了所有房客：他們什麼人都沒看到，也沒聽到任何動靜。」

「你確定房客沒有問題？」

「門房可以擔保所有人都沒問題。再說，爲了謹慎起見，我每間房間都派了警員守著。」

「那就應該捉得到他啊！」

「我就是這麼說的呀，局長，我就是這麼說的呀。應該捉得到他們，因爲他們兩個人都在這……他們不可能不在這。您放心，局長，今晚逮不到，明天我肯定能把他們逮到……我今天就睡這了！……我就睡這了！……」

事實上他眞的睡在了那裡，第二天、第三天也是如此。三天三夜後，他不僅沒有發現那個逮不住的羅蘋和他那個同樣難纏的女伴，甚至連半點能讓自己假設他們已經逃脫的線索都沒找到。

這就是爲什麼他一直沒有改變想法的原因。

「既然沒有他們逃走的痕跡，那他們就一定還在那！」

或許他的意識深處並沒有這麼確信，他只是不願意承認。不，絕不會，這一男一女不會像童話裡的邪惡精靈那樣蒸發了。他沒有失去勇氣，仍舊繼續尋找和調查，彷彿希望能在某個隱密的藏身處發現他們已經和房屋結合成一體一樣。

譯註：

①預審法官：在法國由預審法官負責進行初步的司法調查，但只能在檢察官授權的範圍內進行。

②所羅門的審判：所羅門的審判是一個諺語，指使用計謀來智慧地判斷出真相。

③瑪麗・瓦萊夫斯卡夫人（Countess Marie Walewska，1786—1817）：為波蘭瓦萊夫斯卡伯爵之妻。一八〇七年與當時如日中天的法國皇帝拿破崙一世相遇，拿破崙從伯爵身邊奪走她，使她成為自己的情婦，一八一〇年生下拿破崙的私生子亞歷山大。一八一四年拿破崙被流放後曾帶亞歷山大至厄爾巴島探望拿破崙。

④馬爾梅松城堡：原為拿破崙一世的皇后約瑟芬在巴黎附近的住所，現改為博物館，這張寫字檯目前存放於傢俱藏品廳中展覽。

chapter 2

藍鑽石

三月二十七日晚上，亨利－馬當街一三四號的小公館裡，老將軍奧特雷克男爵半躺在一張舒適的扶手椅上，一旁的看護小姐正唸書給他聽，奧古斯特修女則用長柄暖爐爲他溫暖床被，並準備夜間照明要用的小蠟燭。這位男爵曾是第二帝國時期法國駐柏林的大使，這間公館是他兄長半年前作爲遺產留給他的。

這天晚上，奧古斯特修女因爲某些原因，不得不回自己的修道院去見院長，並留在修道院過夜。十一點鐘時，她對看護說道：

「安托內特小姐，我這邊事情已經做完了，我得先走了。」

「好的，修女。」

「妳要特別注意，廚娘已經放假了，公館裡除妳之外只剩一個傭人。」

「您不用擔心男爵先生，我會按平常那樣就睡在隔壁房間裡，而且房門會開著。」

奧古斯特修女便離開了，過了一會兒，傭人查理斯來詢問還有什麼吩咐，男爵親自吩咐了他。

「還是一樣的事情，查理斯。檢查一下你房間的電鈴還是不是好的，我只要一按鈴你就要趕快去請醫生。」

「將軍您總是愛操心。」

「身體實在是不好啊……相當不好。我們繼續吧，安托內特小姐，剛剛讀到哪了？」

「男爵先生，您不打算上床休息嗎？」

「不，不用，我一向睡得很晚，再說我自己可以回房間，不需要別人幫忙。」

過了二十分鐘，老將軍又開始打盹了，安托內特小姐踮著腳輕聲走開了。

這時，查理斯和往常一樣，仔細地檢查並關上一樓所有的百葉窗。

他插上廚房通往花園那道門的門閂，然後將前廳的兩扇門閂上門鏈，這才回到四樓自己的房裡躺下睡了。

大約一小時後，他突然從床上一躍而起。電鈴響了，而且一連響了七、八秒鐘都沒有間斷……

「好吧，」查理斯回過神來自言自語道，「男爵先生不知道又冒出什麼怪念頭了。」

他套上衣服很快下樓來到男爵房門口，習慣性地敲了門，沒有得到回答，便開門走了進去。

「看看這裡，」他咕噥道，「連燈也關著……怎麼不開燈呢？」

他低聲叫道：

「小姐？」

沒有任何回答。

「您在嗎，小姐？……到底怎麼了？男爵先生是不是病了？」

周圍還是一片沉寂，直壓上人心頭的靜默。他向前走了兩步，腳踢到一張椅子，他摸索了一下，發現那張椅子被翻倒在地上。他的手馬上又摸到了旁邊一張獨腳小圓桌和一座屏風也傾倒了。他著急起來，回到牆角邊摸索著電燈開關，接著他開了燈。

在房間中間，桌子和有鏡子的衣櫃之間躺著主人奧特雷克男爵的屍體。

「這怎麼回事！……怎麼可能？……」他結結巴巴地說著。

他不知道該怎麼辦，只是一動也不動，瞪大雙眼，看著眼前的雜亂一片，椅子都被翻倒在地，一個大水晶燭臺摔成了碎片，掛鐘掉到壁爐上方的大理石上，這些痕跡都表現出戰鬥的可怕與激烈程度。離屍體不遠處有一把閃閃發亮的鋼柄小刀，刀刃上滴著血。床墊旁還掛著一塊手帕，上面沾染了紅色的印跡。

查理斯驚恐地叫了出來——屍體動了兩下，蜷縮起來……然後又顫抖了兩三下後就沒了動靜。

查理斯彎下腰查看，鮮血從男爵頸上細細的傷口中滲出來，在地毯上留下了黑色的斑斑點點，屍體臉上依然留著驚恐的表情。

「有人殺了他，」他結結巴巴地說道，「有人殺了他。」

然後他害怕地想到很可能還有另外一樁犯罪——陪伴男爵的看護不就睡在隔壁房裡？殺害男爵的人也許也殺了她？

他走到隔壁房間，推開門，房間是空的。他得出結論：看護安托內特小姐被綁架了，或是在犯罪發生前就先離開了。

他又回到男爵房間，掃了一眼寫字檯，他注意到這件傢俱並沒有被砸壞。他還在桌上看到一把金路易①，就在鑰匙串和錢包的旁邊，男爵每晚都把這兩樣東西放在桌上。查理斯一把抓起錢包打開，錢包其中一個口袋裡有些紙幣。他數了數，一共十三張百元大鈔。

他無法抵抗這個誘惑，幾乎是本能的、機械性的，便拿起那十三張鈔票藏在外套裡，衝下樓梯，拉開門閂，拔開門鍊出了門，然後關上門，從花園離開，對自己的動作完全無法作出思考。

不過，查理斯是個老實人。他還沒推開柵欄，只是被室外的新鮮空氣一吹，臉上澆了些雨水，就清醒過來，停下腳步。他意識到自己的所作所爲，突然感到很可怕。

一輛馬車經過，他叫住車夫。

「先生，請您到警察局幫忙請個員警過來……要快一點！這裡有人死了。」

車夫馬上快馬加鞭往警察局趕去，而當查理斯想回屋子裡的時候，卻發現沒辦法回去了，他剛剛出來時把柵欄給關上了，從外面沒法打開。再說按門鈴也沒用，因爲公館裡已經沒人了。

他於是沿著街邊的花園散步，這些花園在靠著犬舍地鐵站的那面街上構成了一道翠綠的灌木鑲邊，而且修剪得很漂亮。一個小時以後員警才趕過來，查理斯講述了事情的細節經過，然後把十三張鈔票拿了出來。

就在他交代事情經過時，有人叫來一個鎖匠，費了一番功夫才把花園柵欄和前廳的門給打開。員警上樓後，只看了房間一眼就馬上回頭對傭人說：

「你剛才跟我說房間裡亂得一塌糊塗，你過來看看。」

查理斯往房裡一看，然後似乎被催眠了，呆在門口一動也不動——所有的傢俱都回到了原來的位置！獨腳小圓桌立在兩扇窗戶之間，椅子都好好地擺放著，掛鐘也正常的掛在壁爐上方，燭臺的碎片也都不見了。

他驚訝地張大了嘴，一字一頓地說道：

「屍體呢？……男爵先生呢？……」

「受害人在哪呢？」員警嚷嚷道。

員警說完朝著床邊走去，掀開了床單，前法國駐柏林大使，奧特雷克男爵靜靜的躺在那。將軍服的外套蓋在他身上，上頭還別著榮譽勳章。他臉上的神情很平靜，眼睛也閉著。

傭人結結巴巴地說道：

「有人來過這裡。」

「從哪來的？」

「我不知道，但肯定有人趁我不在的時候來過了……您看，原本地上有一把很薄的鋼柄小刀……而床邊還有一塊沾血的手帕……這些都不見了……被人拿走了……現在這一切都被重新布置過……」

「誰做的呢？」

「一定是兇手！」

「但我們看到所有的門都是關上鎖著的。」

「他肯定之前還留在公館裡。」

「那他現在就應該還在屋子裡，因爲您沒有離開過柵欄外的人行道。」

傭人想了想，慢慢地說道：

「是的……是的……我的確沒有離開柵欄很遠……但……」

「那您看見最後一個待在男爵身邊的人是誰？」

「安托內特小姐，陪伴他的一位看護。」

「她人呢？」

「她的床鋪很整齊，我覺得她應該是利用奧古斯特修女不在的機會溜出去了。這不讓人訝異啊，她長得那麼漂亮……又年輕……」

「但她是怎麼出去的呢？」

「從大門出去的啊。」

「您可是拴上門閂，又掛上門鍊的啊！」

「那是後來！在事情發生之前她應該就已經離開公館了。」

「犯罪就是在她離開之後發生的囉？」

「是的。」

房子從上至下，從閣樓到地窖都被搜了個遍；但兇手已經逃走了。怎麼逃走的？什麼時候逃走的？是他還是他的同謀覺得有必要回到犯罪現場把可能牽扯到他的東西都消除掉？這些都是警方面臨的問題。

七點鐘的時候法醫到場了，八點的時候局長帝杜伊先生也到了，接著是檢察官和預審法官。各式人員將公館塞得滿滿的，其中有警探、警員、記者、奧特雷克男爵的侄子和其他的家族成員。

警方四處搜索，根據查理斯的回憶研究屍體位置。奧古斯特修女一趕到就接受了詢問。什麼發現也沒有，頂多只是奧古斯特修女對安托內特·布蕾亞的失蹤感到很驚訝。這個年輕姑娘是十二天前應徵進來的，擁有好幾份出色的推薦信。修女不敢相信她竟會拋下自己的病人，晚上一個人偷跑出去約會。

「如果她是偷溜出去約會的話，」預審法官強調，「現在早就應該回來了。我們又回到同一個問題上：她現在人呢？」

「我覺得她是被兇手綁架了。」查理斯說。

這個假設是很合理的，目前看起來也的確是這樣，局長開口道：

「被綁架？的確是有這可能。」

「不，完全不可能，」一個聲音說道，「而且和事實、調查的結果，甚至和證據本身完全不符。」

當人們認出這個聲音粗野、語調唐突的人是葛尼瑪之後，沒人感到驚訝。也只有當面對著他的時候，人們才能原諒那種有點放肆的表達方式。

「喲，是你哪，葛尼瑪？」帝杜伊先生叫道，「我剛剛怎麼沒看見你。」

「我在這已經兩個鐘頭了。」

「這麼說你終於對二十三期五一四號彩券以外的東西感興趣了？那件克萊佩倫路的律師房內，金髮女子和亞森・羅蘋神秘消失的案子。」

「哼！走著瞧吧！」老探長冷笑道，「我可不敢肯定羅蘋跟眼前這樁案子完全無關……不過還是先把彩券的事放在一邊，我們整理一下眼前是怎麼一回兒事。」

有些名氣大的警探有自己獨特的辦案手法，會在司法檔案中留名，但葛尼瑪不是這樣的人。他身上缺少像杜彭②、勒考克③和夏洛克·福爾摩斯那類人天才般的靈感與才智。不過他還是擁有中上程度的智慧，以及不錯的觀察力、洞察力、毅力與直覺。他的優點在於查案時完全不會被外界干擾。除了亞森·羅蘋對他施加的魔法外，其他任何因素都不會讓他亂了陣腳影響辦案。

不論如何，在這個上午，他很出色的展現出自己的能力，他的辦案方法是法官欣賞的那種。

「首先，」他開始說道，「我要請查理斯先生確定一點，您第一次看到的所有那些被打翻或是被弄亂的東西，是不是在您第二次來的時候已經回到了原位？」

「正是如此。」

「那麼很明顯，只有可能是一個熟悉物品原本所在位置的人才能把它們都放回去。」

這個意見讓在場的人吃了一驚。葛尼瑪又說道：

「另外一個問題，查理斯先生……您是被鈴聲叫醒的……依您看，是誰按鈴叫您呢？」

「自然是男爵先生。」

「就算是吧，那他是什麼時候按鈴的呢？」

「在那場打鬥之後……大概是臨死的時候吧。」

「不可能，因爲您後來發現他死亡的地方離電鈴按鈕足足有四公尺遠。」

「那他就是在打鬥時按的鈴。」

「不可能，因爲您說鈴聲持續響了七、八秒鐘，您認爲犯人會給他這麼充裕的按鈴時間嗎？」

「那就是在遇襲之前按的。」

「這也不可能，您告訴我們鈴聲響起的時間和您進房間的時間間隔最多只有三分鐘。如果男爵是打鬥之前按的鈴，那打鬥、謀殺、瀕死和逃逸都發生在這短短三分鐘之內。我再重複一次，這是不可能的。」

「但是，」預審法官說道，「確實有人按了鈴，如果不是男爵，那是誰呢？」

「是兇手。」

「兇手這樣做有什麼目的？」

「我不知道他的目的，但至少他按鈴的這件事實向我們證明兇手知道電鈴和某個傭人的房間是相連的，如果不是這棟公館裡的人，怎麼會知道這點呢？」

推測的範圍縮小了，葛尼瑪只用了簡短明快、合乎邏輯的幾句話就把事情理清。老探長的想法很合理，預審法官自然而然地總結道：

「簡單說，你懷疑安托內特·布蕾亞。」

「我不是懷疑，我認爲就是她。」

「你認爲她是共犯？」

「我認爲她殺害了奧特雷克男爵。」

「說說看你有什麼證據？……」

「我在受害者右手的指甲裡發現這撮頭髮。」

他將頭髮拿了出來，那是一撮耀眼的金髮，像金絲一樣閃閃發亮。查理斯喃喃地說道：

「這正是安托內特小姐的頭髮，不會錯的。」

他補充道：

「還有……還有件事……我覺得那把鋼柄小刀……就是我第二次沒看到的那把……也是她的……我看過她用它來割開書頁。」

室內陷入一陣難耐的沉默，彷彿犯罪由一名女性所爲顯得更加可怕，預審法官提出了看法。

「在掌握更多的情況之前，我們接受男爵是被安托內特．布蕾亞殺害的觀點。不過還要解釋她在犯罪後是怎樣離開屋子，又是怎樣在查理斯離開後返回整理現場，然後又在員警到來前離開。你對此有何看法，葛尼瑪？」

「一點看法也沒有。」

「那接著該怎麼做？」

葛尼瑪看起來很尷尬，最後他顯然費了很大的勁才說道：

「我所能說的就是，我發現這案子和二十三期五一四號彩券案有著一樣的手法，我們可以稱它爲密室消失。安托內特．布蕾亞在公館裡出現又消失，這和之前亞森．羅蘋進入戴迪南律師家中並與金髮女子一起消失的情況一樣離奇。」

「這有什麼意義呢？」

「這讓我不得不注意到兩個很奇怪的巧合：一是安托內特·布蕾亞是十二天前被奧古斯特修女錄取的，那也正是金髮女子從我手上逃脫的隔天。二是金髮女子的頭髮顏色正是這種帶著金屬的光澤，就像我們看到的這些頭髮一樣。」

「這樣一來，依你所說，安托內特·布蕾亞……」

「正是金髮女子本人。」

「因此是羅蘋策劃了這兩樁案子？」

「我是這麼認爲的。」

突然爆發出一陣笑聲，局長帝杜伊先生笑了出來。

「羅蘋！總是羅蘋！羅蘋什麼事都會攪和進來，無處不在！」

「他當然會在有他的地方。」葛尼瑪惱火地強調。

「他攪和進來總該有原因吧，」帝杜伊先生說道，「這件案子，我覺得原因不明啊。寫字檯沒被損壞，錢包也沒被偷，那些金路易甚至還好好的留在桌上。」

「是的，」葛尼瑪叫道，「但是那顆出名的鑽石呢？」

「什麼鑽石？」

「藍鑽石！這顆著名的鑽石曾經是法蘭西國王王冠上的一部分，是A…公爵給了L·雷奧妮達，雷奧妮達死後又被奧特雷克男爵買回來，爲的是紀念這位他曾經瘋狂愛過的名演員。這是像我這樣的老巴黎人不會忘掉的記憶之一。」

「顯然，」預審法官說道，「假如藍鑽石眞的不見了，那這一切就可以用羅蘋來解釋了……但男爵的鑽石原本放哪呢？」

「男爵先生的手指上，」查理斯回答說，「他從來不會讓藍鑽石離開他的左手手指。」

「男爵的手我看得很清楚，」葛尼瑪走近受害人肯定地說道，「我可以確定，他手上只有一只普通的金戒指。」

「打開他的手掌看看。」傭人又說道。

葛尼瑪打開男爵捲曲的手指，原來戒指的底座翻轉到了手指內側，底座上正是那顆閃亮的藍鑽石。

「見鬼，」葛尼瑪目瞪口呆地咕噥道，「我被搞迷糊了。」

「希望你放棄懷疑可憐的羅蘋了。」帝杜伊先生冷笑道。

葛尼瑪頓了片刻，想了想，一本正經地反擊道：

「正是弄不明白，我才更要懷疑是羅蘋做的。」

這些就是警方在案發次日作出的最初評判，都是些模糊、不一致的觀點，後續的發現也沒能跟這些觀點符合而作出結論。安托內特・布蕾亞和金髮女子如何能同樣來去自如還是沒有得到解釋，

這名神秘的金髮女子到底是誰，又是誰殺害奧特雷克男爵卻沒有取走他手指上的法蘭西王冠鑽石，這些也都還是謎。

更重要的是，大眾也被此罪行激怒，對這名犯罪女子的好奇心讓這起案件更加受到重視。奧特雷克男爵的繼承人也從這樣的宣傳效應中受益，他們在亨利－馬當街的公館內舉辦了一場傢俱物品展，這些東西之後會拿到德魯奧拍賣行④出售。這都是些品味不怎麼樣的現代傢俱與毫無藝術價值的物品……只有那顆放在屋子中央鋪著石榴絨的檯子上，被玻璃蓋罩著的藍鑽石戒指擁有著非凡的價值，一旁還有兩名員警守護著。

這顆鑽石又大又好，淨度相當高，成色為一種說不出的藍色，就像是一汪清水映著天空的那種藍，或是潔白的織物透出的那種藍。人們欣賞著，為它心醉神迷……他們帶著恐懼參觀了受害者的房間，屍體躺著的地方，拿掉了沾血地毯的鑲木地板，特別被注意的是牆壁，兇手就是從這些無法穿透的牆壁間穿過的。人們也仔細觀察壁爐的大理石有沒有被翻轉，牆邊的鏡子有沒有藏著可以旋轉的機關，正是那些機關可以打開通往隧道、下水道、地下墓穴等地方……

藍鑽石的拍賣在德魯奧拍賣行進行，現場被人群圍得密不透風，拍賣的氣氛幾近瘋狂。

巴黎上流社會的人都聚集在那，包括所有想要買的人和所有想讓別人認為自己有能力購買的人。他們之中有股票經紀人、藝術家、貴婦、兩位部長官員、一名義大利男高音、一位流亡海外的國王，最後這個人甚至為了建立自己的實力與威望，泰然自若地用洪亮的聲音將價格抬到了十萬法郎，展現出他輕易就能出到如此高價的財力。而義大利的男高音則大膽開出了十五萬法郎的價格，一名法國人則開出了十七萬五千法郎。

價格抬到二十萬法郎的時候，那些買主放棄了。到二十五萬的時候，只剩下兩個人：有「金礦王」之稱的著名金融家赫斯曼先生和美國富婆克羅宗伯爵夫人，她的鑽石和寶石藏品相當有名。

「二十六萬……二十七萬……二十七萬五千……二十八萬……，」拍賣員大聲說道，不斷的用目光詢問兩名競爭者「……夫人出二十八萬……沒人出價了嗎？……」

「三十萬。」赫斯曼先生輕聲說。

四周一片沉默，眾人看著克羅宗伯爵夫人，她身子倚著前面的椅背，面帶微笑站著，但蒼白的臉色卻表現出她的慌亂。事實上她知道，所有在場的人也都知道，這場對決的結局毫無疑問：按常理說來，最終會是金融家獲勝而告終，因爲他有五億法郎的資產可以爲自己的心血來潮做後盾。不過伯爵夫人還是繼續出價：

「三十萬五千。」

又是一片沉默，人們的目光轉向了金礦王，等待他再次加價，因爲他肯定會加的，這是毫無疑問的。

但他並沒有，赫斯曼無動於衷，他盯著右手拿著的一張紙，另一隻手上還抓著撕碎的信封。

「三十萬五千法郎，」拍賣員重複了一遍「……一次？……兩次？……現在還來得及……沒人

出價了？……我再重複一遍：一次？……兩次？……」

赫斯曼仍然沒有開口，最後在一陣沉默之下，錘子落下了。

「四十萬。」赫斯曼突然跳起來叫道，彷彿錘子的聲音終於使他從夢中驚醒過來。

但是太晚了，藍鑽石的拍賣已經完成。

人們急忙圍到他身邊，詢問發生什麼事？他爲什麼不早點出價？

他笑了起來。

「發生了什麼事？我也不知道，我只是閃了一會神。」

「這怎麼可能？」

「的確如此，因爲有人給了我封信。」

「這封信就讓您……」

「是的，它讓我亂了心神，當時就是如此。」

葛尼瑪也在現場參加戒指的拍賣會，他走近一位服務生。

「是您把信交給赫斯曼先生的吧？」

「是的。」

「信是誰給他的？」

「一位女士。」

「她在哪？」

「她在哪？……您瞧，先生，就在那……那位帶著厚面紗的女士。」

「正在離開會場的那個嗎？」

「是的。」

葛尼瑪迅速朝門口走去，看到那位女士下了樓，他跑步上前，快到出口時，一股人潮擋住了他，等他追出去已經找不到人了。

他回到大廳找赫斯曼談話，介紹自己之後他就詢問信的事情，赫斯曼把信遞給他，上面只有用鉛筆倉促寫成的寥寥數語，而且筆跡金融家也不認識：

「藍鑽石帶來厄運，想想奧特雷克男爵。」

關於藍鑽石的災難並沒有結束，因爲奧特雷克男爵遇害和德魯奧拍賣會的插曲而聞名的這顆鑽石，在時隔半年後又再次大出風頭。這年夏天，有人從克羅宗伯爵夫人手中偷走那件她大費周章才買到手的戒指。

我來簡單描述一下這件引發許多波折的古怪事件，這件事激起不少人的興趣，而我最終也弄明白了。

八月十號的晚上，在克羅宗夫婦位於亞眠的城堡裡，許多被邀請來的客人聚在客廳，俯瞰著風景美麗的索姆河。在音樂響起後，伯爵夫人彈起鋼琴，將身上的首飾暫時放到旁邊的一張小桌上，其中就有奧特雷克男爵的戒指。

一個鐘頭以後，伯爵先離場，還有他兩個安戴爾家的表哥和伯爵夫人的好友德・蕾亞太太，伯爵夫人則獨自與奧地利領事布雷肖先生和他的太太留下來。

他們聊了會天，之後伯爵夫人關上客廳桌上的大燈，剛好布雷肖先生也同時熄掉鋼琴上的兩盞燈，客廳便陷入黑暗中，當時幾個人還有點驚慌，隨後領事點燃一支蠟燭，三人就都回自己的房間。而伯爵夫人剛回到房間就想起首飾還留在客廳裡，就吩咐女傭去取回來。女傭回來之後將那些首飾放在壁爐上，伯爵夫人也沒有特地去查看。第二天克羅宗夫人就發現少了一只戒指，正是藍鑽石那只。

她告訴自己的丈夫，兩人很快得出結論：女傭沒有任何嫌疑，只有可能是布雷肖先生做的。

伯爵馬上通知亞眠當地的警局，警長進行了調查，並且小心地對布雷肖先生作嚴密的監視，使他無法將戒指賣掉或送走。員警也在城堡周圍日夜守衛著。

如此過了兩個星期，什麼事都沒發生，就在布雷肖先生向伯爵夫婦辭行當天，他馬上受到起訴。警察正式進行搜查，並檢查布雷肖先生的行李，結果在一個上鎖的小袋子裡找到一個裝牙粉的小瓶，那只戒指正在瓶子裡！

布雷肖太太暈了過去——她的丈夫被逮捕了。

檢視一下布雷肖先生辯解的說詞，他說戒指的出現只有一個解釋，那就是克羅宗先生故意報復。「伯爵是個莽夫，夫人也一直過得很不幸，我和伯爵夫人進行了長談，並積極鼓勵她與伯爵離婚。伯爵得知這件事後，就想報復我，於是他拿了那只戒指，在我離開的時候偷偷放在我的盥洗用品裡。」而伯爵夫婦仍然堅持他們的指控，他們的解釋和領事的辯解都是有可能的，而且是非常可能，公眾只要做出選擇就行，沒有新的證據可以使天平傾向任何一邊。各種風言風語、推想猜測和調查取證進行了一個月，卻仍然一無所獲。

克羅宗夫婦被這起事件深深困擾著，也沒有確鑿證據能證明他們的指控，只好請人從巴黎警局派名警探來調查這起複雜的事件，於是葛尼瑪便被派來了。

整整四天，這位老探長不斷地打探情況，他在花園裡散步，和女傭、司機、園丁還有附近郵局的雇員談話，他還調查了布雷肖一家、安戴爾的兩位表哥和德・蕾亞太太各自住的房間。接著在某天早上，他竟然不辭而別了。

一星期後，克羅宗夫婦收到了這份電報：

明天週五下午五點，請至博西－當格拉路的日本茶館。

葛尼瑪

禮拜五下午五點整，伯爵夫婦的汽車停在博西－當格拉路九號。早在人行道上等候他們的老探長沒有任何解釋，逕自把他們帶到日本茶館的二樓。

他們在其中一間包廂裡見到了兩個人，葛尼瑪介紹說：

「這位是凡爾賽中學的老師吉布瓦先生，您應該知道他之前被亞森．羅蘋偷走五十萬吧，另外這位是奧特雷克．雷翁斯先生，他是奧特雷克男爵的侄子與遺產繼承人。」

四個人坐了下來，幾分鐘後第五個人到了，也就是警察總局的局長。

帝杜伊先生心情很不好，他打了個招呼說道：

「又怎麼了，葛尼瑪？我在警局收到了你的電話留言，你是認真的？」

「非常認真，局長。一小時內，我調查的這幾個案件就能解決，我覺得您一定要在場。」

「狄耶茲和佛朗方也得在嗎？我剛在樓下看見他們了。」

「是的，局長。」

「什麼事呢？要抓誰呢？這陣仗可眞夠大的！來吧，葛尼瑪，我們聽著呢。」

葛尼瑪猶豫了片刻，接著，他顯然是想讓聽眾大吃一驚，宣佈道：

「首先我確定布雷肖先生在戒指被盜一案中是無辜的。」

「哦！哦！」帝杜伊先生說道，「這個結論蠻簡單的……你倒挺一本正經。」

伯爵問道：

「是不是……您的調查就只發現這點？」

「不只如此，先生。在失竊案發生後第三天，您的客人中有三個人搭車到了郊外，車子一直開到克雷西鎮。他們當中有兩人去參觀著名的克雷西戰場⑤，第三個人則匆忙去了郵局，寄出一個用繩子綑紮好的小盒子，盒子按照規定是密封著的，寄出物品的價值申報了一百法郎。」

克羅宗先生反駁道：

「這很正常啊。」

「您要是知道以下情況就不會覺得正常了，這個人沒有使用眞名，反而以盧梭的假名寄出，而那位收件人，也就是住在巴黎的某位貝魯先生，在收到盒子後，當晚就搬家了。」

「那人是安戴爾家兩個表哥之一嗎？」伯爵問道。

「不是他們。」

「難道是德・蕾亞太太？」

「是的。」

伯爵夫人驚詫地叫了起來：

「您在指控我的朋友德・蕾亞太太？」

「容我請教您一個簡單的問題，夫人，」葛尼瑪回答說，「德・蕾亞太太是不是參加了藍鑽石的拍賣會？」

「是的，但她是自己去的，我們當時沒在一起。」

「她是否有勸說您買下那枚戒指?」

伯爵夫人努力地回憶當時的情形。

「啊……她的確有勸我買下……其實……我想起來了,那只戒指也是她先向我提到的……」

「您的回答我記下了,夫人,德.蕾亞太太是第一個對您說起這只戒指的,也是她勸您買下的。」

「是的,但是……我朋友她不可能……」

「不好意思,夫人,德.蕾亞太太只是您的普通朋友,並非像報紙上說的那樣,因爲是您的閨中密友就能排除嫌疑。今年冬天您才認識她,而我可以向您證明她對您所講的關於她自己、她的過去與一切關於她的事都完全是假的,在您遇到她之前根本沒有布朗士.德.蕾亞太太這個人,現在這個人也已經不存在了。」

「然後呢?」

「然後?」葛尼瑪問道。

「是啊,整件事很奇怪,她跟我們的案子有什麼關聯呢?就算德.蕾亞太太拿了戒指——這點還沒得到證明,那她爲什麼要將它藏在布雷肖先生的牙粉裡呢?這太怪了!要是有人費那麼大功夫偷了藍鑽石,就應該自己留著,這要怎麼解釋呢?」

「關於這點我什麼也回答不出來,不過德.蕾亞太太會回答的。」

「這麼說來她這個人又是眞的存在囉?」

「她既存在……又不存在。簡單解釋一下,三天前我看報紙的時候,發現報紙上有一欄刊登著在特魯維爾住宿的外國人名單,名單裡第一個就是:「**波利瓦日酒店:德·蕾亞太太,……等等。**」當天晚上我就到特魯維爾拜訪波利瓦日酒店的老闆,根據他描述的外型特徵和某些跡象,證實這位德·蕾亞太太正是我要找的那個人,那時她已經離開酒店,不過住宿資料裡有留下她在巴黎的地址,克里斯路三號。前天我到這個地址去,發現根本就沒有德·蕾亞太太這個人,只有一位叫做蕾亞的女士住在三樓,從事鑽石經銷的工作,而且她經常外出不在。前天晚上她回到了住處,昨天我去拜訪了她,用化名介紹說自己是爲那些想要購買珠寶的人充當中間人,我們就約今天在這裡談第一樁生意。」

「什麼!您約了她?」

「約在五點半。」

「您確定她就是?……」

「確定她就是克羅宗城堡的德·蕾亞太太?我有確切的證據,但……你們聽……佛朗方的暗號……」

口哨聲響起,葛尼瑪很快站起身。

「沒時間了,克羅宗先生和夫人、奧特雷克先生、吉布瓦先生,請你們先到隔壁房間等候,把門開著，我一打暗號就請你們過來。局長，我請您留下來。」

「萬一是其他不相關的客人呢？」帝杜伊先生問道。

「不會的，這地方是新開的，老闆是我的朋友，除了金髮女子外，連隻蒼蠅都不會放上來。」

「金髮女子？你這是什麼意思呀！」

「就是金髮女子，局長。羅蘋的同謀和朋友，那個神秘的金髮女子，我已經有證明她是誰的確切證據了，不過我還是想在您的見證下讓她與所有她禍害過的人當面對質。」

他從窗戶探頭出去查看情況。

「她過來了……進來了……她逃不掉了，佛朗方和狄耶茲把守著門……金髮女子落在我們手上了，局長！」

一個女子很快來到包廂門口，個子修長、臉龐白皙，有著亮金色的頭髮。

葛尼瑪因爲激動而說不出話，她在那裡，就在他對面，在他的手裡！這是對亞森．羅蘋的勝利！這是復仇！同時他也覺得這勝利似乎來得有點太過容易，他反覆問自己這金髮女子會不會因爲羅蘋的消失魔法而從他指縫間溜走。

那個女子對這樣安靜的氣氛感到很詫異，她一邊等待一邊環顧著四周，沒有掩飾自己的焦慮。

「她要走了！她要消失了！」葛尼瑪驚慌失措地想。

他猛然插身在那女子和門之間，女子轉身想出去。

「不，不行，」他說道，「您怎麼想走了？」

「先生，我不曉得這是怎麼一回事，但請讓我……」

「您沒有理由離開，太太，您有留下來的充分理由。」

「但是……」

「沒用的，您出不去的。」

她面色慘白，癱倒在椅子上，結結巴巴地說道：

「您想要什麼？……」

葛尼瑪贏了，他抓住金髮女子清晰地說道：

「向您介紹我這位朋友，之前跟您提過，他想買些珠寶……特別是鑽石，您弄到答應我的那顆鑽石了嗎？」

「不……不……我不知道……我不記得了。」

「不，您一定記得的……好好想想……您的一個熟人應該有交給您一塊帶著色彩的鑽石……那天我笑著問您『有沒有像藍鑽石這樣的商品』，而您回答我『有的，我或許可以接您的生意。』您想起來了嗎？」

女子沒有說話，手上拿的小提包掉到地上，她很快撿起來緊緊地抱住，手指還微微地發抖。

「很好，」葛尼瑪說道，「我知道您的想法，您不相信我已經發現有關德・蕾亞太太的眞相了，我來爲您好好的說明一下，請看我手上的東西。」

他從錢包裡拿出一張紙展開，將紙上的一縷頭髮遞給她。

「這是安托內特．布蕾亞的頭髮，男爵扯下來藏在手裡的，吉布瓦小姐認出這頭髮跟金髮女子頭髮的顏色一樣……也和您的髮色一樣……一模一樣。」

蕾亞太太不明就裡地看著他，好像眞的不明白他話裡的意思。他繼續說道：

「這是兩個香水瓶，沒有標籤，都是空的，但還有殘留的味道。吉布瓦小姐今天早晨從裡頭都聞出了金髮女子的香水味，她們可是在一起旅遊了兩個禮拜。其中一個瓶子是來自德．蕾亞太太在克羅宗城堡住過的房間，另一個是則來自您在波利瓦日酒店的房間。」

「您在說什麼呀！……金髮女子……克羅宗城堡……」

探長沒有回答，只是拿出四張紙排放在桌子上。

「最後，」他說道，「這裡是四張紙，一張是安托內特．布蕾亞的筆跡樣本，另一張則是藍鑽石拍賣會場那位女士寫給赫斯曼男爵的，還有一張是德．蕾亞太太住在克羅宗城堡時寫的，第四張……是您的，太太……這是您的姓名和地址，您自己留在特魯維爾波利瓦日酒店門房那兒的。對照這四張紙的筆跡，可以發現它們是一樣的。」

「您瘋了吧，先生！您一定瘋了！這些代表什麼？」

「這就代表，太太，」葛尼瑪衝動地叫道，「金髮女子、亞森．羅蘋的朋友和同謀就是您。」

他推開隔壁大廳的門，衝向吉布瓦先生，把他推到蕾亞太太面前：

「吉布瓦先生，您認出綁架您女兒的人了嗎？您在戴迪南律師家中曾見過她。」

「她不是那個人。」

所有人都嚇了一跳，葛尼瑪踉蹌了一步。

「不是？……怎麼可能？……請您再仔細確認一下……」

「我確認過了……這位太太和金髮女子都一樣是金髮……臉色也和她一樣白皙……但是臉長得和她一點都不像。」

「我不相信……這是不可能的……奧特雷克先生，您認出這是安托內特・布蕾亞了嗎？」

「我在叔叔家中見過安托內特・布蕾亞……這位太太不是她。」

「這位太太也不是德・蕾亞太太。」克羅宗伯爵肯定地說。

這是致命的一擊，葛尼瑪被嚇呆了，一動也不動低著頭，眼神渙散。他拼湊出來的這一切什麼都不剩了，如同大廈傾倒一般。

帝杜伊先生站起身。

「請您原諒，太太。很遺憾弄錯了，請您忘記這件不愉快的事吧，不過我不太明白您剛剛的慌亂……您自從來到這後態度就很奇怪。」

「我的天啊，先生，因為我害怕呀……我包包裡有十萬多法郎的珠寶，您這位朋友的舉止可不讓我覺得放心。」

「但是您常常出門？……」

「那不正是我的職業所需嗎？」

帝杜伊先生無話可說了，他轉向自己的下屬。

「你處理訊息的態度太過輕率了，葛尼瑪，而且剛剛你對這位太太的做法也相當愚蠢，你稍後到我辦公室來做出解釋。」

會面就這樣結束了，局長準備離開的時候，發生了一件令人困惑的事情。蕾亞太太走近探長對他說道：

「我聽到您是葛尼瑪先生……我沒弄錯吧？」

「沒有。」

「這樣的話，這封信是給您的。我今天早上才剛收到，您可以看到上面的收信地址：『**奧斯丁．葛尼瑪先生，煩請蕾亞太太轉交**』。我原以爲這只是個玩笑，因爲我並不知道您叫這個名字，不過也許這個寫信的陌生人事先知道我們的約會。」

奧斯丁．葛尼瑪有一種奇怪的直覺，他幾乎想抓過信一把撕掉。但他在上司面前不敢這麼做，只是打開了信，信的內容如下，他用勉強聽得見的聲音念道：

從前有一名金髮女子、一個叫做羅蘋的人和一個叫做葛尼瑪的人。邪惡的葛尼瑪想傷害美麗的金髮女子，善良的羅蘋不想讓他這樣做。因此善良的羅蘋想讓金髮女子成爲克羅宗伯爵夫人的閨中密友，就讓她用了德・蕾亞太太這個名字。這個名字跟一個老實女商人蕾亞太太的名字很像，蕾亞太太的頭髮也是金色的，而且膚色白皙。善良的羅蘋想：「要是那個邪惡的葛尼瑪盯上金髮女子，把他引向那個老實女商人那兒去的話，對我來說會很有幫助！」這是一條明智的預防措施，也有了成果。羅蘋在邪惡的葛尼瑪常讀的報紙上登一條消息，而眞正的金髮女子有意將一個香水瓶落在波利瓦日酒店，再往酒店的登記簿上寫上德・蕾亞太太的姓名和地址，這件事就完成了。您對此有什麼想法呢，葛尼瑪？看到我這麼詳細地向您描述這一切的經過，我知道以您的修養肯定會馬上笑出來的。這故事眞的很有趣，而且我承認，我玩得很開心。

謝謝您，親愛的朋友，幫我向帝杜伊先生問好。

亞森・羅蘋

「他竟然什麼都知道！」葛尼瑪哀嘆道，他一點都笑不出來，「有些事我根本沒跟別人說過，他竟然會知道！他怎麼會知道我請您過來的，局長？他怎麼會知道我發現了克羅宗城堡的香水瓶？……他怎麼會知道的？……」

葛尼瑪捶胸頓足，扯著自己的頭髮，無比的悲哀失望，帝杜伊同情他。

「算了吧，葛尼瑪，別難過了，下次幹得漂亮些。」

帝杜伊局長走了，蕾亞太太也一起離開了。

十分鐘後，葛尼瑪把羅蘋的信讀了一遍又一遍。克羅宗夫婦、奧特雷克先生和吉布瓦先生在角落裡熱烈的交談著，最後伯爵走向探長對他說道：

「親愛的先生，現在一切跟之前相比好像沒有什麼進展啊。」

「請您原諒，先生。不過我的調查確定金髮女子絕對是這些事件的核心，而羅蘋則擔任背後策劃的角色，這就是很大的進展了。」

「但這進展沒什麼用，反而可能更讓人迷惑，金髮女子殺人是爲了盜取藍鑽石，可她當時卻沒有偷，而後來她偷了以後卻是將它放到別人行李裡，便宜了別人。」

「這點我目前也還無法解釋。」

「是的，不過可能有人能……」

「您想說什麼？」

伯爵猶豫了一下，他的夫人接過話頭清楚地說道：

「在我看來，在您之後可能只剩下一個人能夠打敗羅蘋並讓他跪地求饒。葛尼瑪先生，如果我們請求夏洛克·福爾摩斯的幫助，您會介意嗎？」

葛尼瑪感到很窘迫。

「當然不介意……只是……我不太懂您為何要……」

「這些謎團讓我很不舒服，我想弄個清楚。吉布瓦先生和奧特雷克先生也有這樣的想法，我們一致同意向這位著名的英國偵探求助。」

「您說的有理，夫人，」葛尼瑪探長雖然有些不甘心，但還是誠實地說道（這也是他的優點），「您說的有道理，老葛尼瑪鬥不過亞森・羅蘋，夏洛克・福爾摩斯是否能成功呢？我希望能夠如此，因為我也很敬佩他……不過……我認為他也不太可能成功……」

「他不太可能成功？」

「這是我的看法。我認為夏洛克・福爾摩斯和亞森・羅蘋之間的決鬥結果早就註定了，那個英國人會被打敗的。」

「不論如何，如果他有需要的話您應該會幫忙吧。」

「完全沒問題，太太，我會盡我的全力幫助他。」

「您知道他的地址嗎？」

「知道，倫敦市貝克街二二一號⑥。」

當天晚上，克羅宗夫婦撤回對布雷肖領事的指控，並且寄出一封聯名信給英國的名偵探——夏洛克・福爾摩斯。

譯註：

①金路易：法國過去使用的銀幣，當時一個金路易約等於二十法郎。

②杜彭（Chevalier Auguste Dupin）：美國知名作家愛倫坡（Edgar Allan Poe）推理小說筆下的偵探，也被當成小說世界裡的第一位偵探，杜彭運用驚人的推理能力與觀察力緝凶，成為往後許多推理角色的典範。

③勒考克（Monsieur Lecoq）：法國推理作家加伯黎奧（Emile Gaboriau）筆下的警探，為偵探解謎小說的先鋒之一。

④德魯奧拍賣行：德魯奧（Derout）國家藝術品拍賣行位於法國巴黎，成立於西元一八五二年，是法國最大、最重要的拍賣行之一，以拍賣油畫、傢俱和藝術品為主。

⑤克雷西戰場：克雷西會戰（Battle of Crécy）的戰場，位於法國北方加萊省南邊，克雷西會戰是英法百年戰爭中的一次經典戰役，發生於西元一三四六年八月，以英軍大捷結束。

⑥此部故事最初於雜誌上連載時，設定與羅蘋對決的對象為夏洛克·福爾摩斯（Sherlock Holmes），引起福爾摩斯書迷抗議，因此盧布朗在單行本出版時將名字改為福洛克·夏爾摩斯（Herlock Sholmès）；華生改為威爾遜；貝克街二二一號改為帕克街二一九號。為了方便讀者了解此處指的正是福爾摩斯，本書將這三個地方改譯為原意。

chapter 3 夏洛克・福爾摩斯

「先生們想要點些什麼？」

「隨便，」亞森・羅蘋回答道，他對吃這種小問題不感興趣，「隨便，但不要肉和酒。」

服務生輕蔑地走開了。

我說道：

「怎麼，你還在實行素食主義呀？」

「越來越堅持了。」羅蘋肯定地說道。

「因爲飲食口味？信仰？還是習慣問題？」

「是爲了健康。」

「從沒有破例過?」

「哦!也是有例外,像我跟上流社會的人打交道的時候,這是爲了不讓自己看起來很奇怪。」

我們兩人正在火車站附近的一家小餐廳吃飯,是羅蘋把我叫到這兒來的。他很喜歡偶爾在某個早晨打電話給我,約我到巴黎某處,每次都充滿著活力和生活樂趣,像個簡單快樂的小孩。也總會跟我說上幾件我不知道的奇聞異事、回憶或者冒險經歷。

這天晚上,他比平常顯得更熱情洋溢。他邊笑邊聊,充滿活力和一種他特有的嘲諷風格,這種嘲諷不是挖苦,而是輕鬆與幽默。聽他這樣侃侃而談是一件很讓人愉快的事情,自然而然的我也高興了起來。

「哦!是的,」他大聲說道,「這些天以來我覺得生活是那麼的美好,彷彿取之不盡、用之不竭的寶藏一樣,於是我就決定及時行樂了!」

「你太誇張了。」

「我剛說過寶藏是無窮無盡的!我可以盡情地消耗、揮霍我的精力和青春,只要稍微花點力就可以獲得身份地位……我的生活眞的非常美妙!……只要我願意,我可以一夜之間就變成……演說家、企業老闆、政治家……不過我向你發誓,我不會那樣做的!我就是亞森・羅蘋,行不改名,坐不改姓。史上沒有人的經歷可以和我媲美,沒有人的生活過得比我更充實,一個也沒有……你說拿破崙?喔,或許吧……不過拿破崙在他皇帝生涯末期,歐洲大軍壓境對抗法國的時候,每面對一場戰役，他都擔心是他的最後一役。」

他是認眞的嗎？還是在開玩笑？羅蘋的聲音愈加激動，繼續說道：

「一切都是這麼完美，你瞧，我四周布滿危險！還有永無休止的危機感！危險的氛圍對我來說就像呼吸空氣一樣，我能辨別出它的氣息、它的呼號、它的窺視和它的接近……，而我就算在暴風雨中仍然不為所動，一妄動就會一敗塗地。只有一種感覺可以比擬，那就是駕車飛馳的感覺！但駕車頂多不過一個上午，而我的冒險卻會陪伴我一生！」

「你還眞是激動！」我說道，「……你不會跟我說你這樣激動沒有特別的原因吧！」

他笑了笑。

「喏，」他說道，「您眞是個觀察入微的心理學家，的確是有原因的。」

他給自己倒了一大杯冰水，一口喝下，然後對我說道：

「你讀了今天的《時報》了嗎？」

「這倒沒有。」

「夏洛克・福爾摩斯今天下午應該就已經穿過拉芒什海峽（英文稱為英吉利海峽），在六點左右到達。」

「啊！為什麼呢？」

「克羅宗夫婦、奧特雷克男爵的侄子和吉布瓦先生邀請他來趟小小的旅行。他們會在火車站碰頭，然後一起去找葛尼瑪，現在他們六個人應該正在談話呢。」

儘管我非常的好奇，但我從來都不會在羅蘋自己主動提及前詢問他的私人活動。從我的角度來說，這是一種必要的禮貌與矜持，我不能破壞規矩。再者這個時候，他的名字還沒有正式跟藍鑽石一案連在一起，於是我只是靜靜等著。他繼續說道：

「《時報》還刊出了一段對葛尼瑪的採訪，根據這段採訪，我的朋友、某位金髮女子很有可能殺害了男爵並試圖偷走克羅宗夫人那只著名的戒指。當然，他指控我是這些案子的主謀。」

我微微戰慄了一下，這是眞的嗎？我是否應該相信，習慣性的偷盜以及冒險經歷是否影響了這個人，使他順其自然的又繼續犯下這些案子？我打量著他，他看起來是那樣平靜，帶著坦率的目光直視著我！

我又仔細地看了看他的手，纖細而靈巧，是一雙眞正無害的藝術家的手……

「葛尼瑪產生幻覺了吧。」我喃喃地說道。

羅蘋抗議道：

「不，不是的，葛尼瑪還是挺聰明的……有時候甚至還很有智慧。」

「智慧！」

「是的，比如《時報》上的這段採訪就是一步高招。首先他公告了英國對手的到來，讓我有所防備，從而加大福爾摩斯完成這個任務的難度。再者他也挑明了自己進行到哪一步，這樣福爾摩斯就不能搶他的功勞了，他這步的確漂亮。」

「不管怎樣，你現在可是有兩個勁敵了！」

「喔！其中一個不算什麼。」

「另一個呢？」

「福爾摩斯？哦！我承認這個挺難對付的，不過也正因爲如此，你才會看到我這麼激動，心情這麼愉悅。首先因爲自尊心：大家覺得制服我用上這位著名的英國偵探並不爲過。再者，一想到能和夏洛克・福爾摩斯決鬥，對我這樣的好戰者而言再開心不過了。最後一點！我不得不全力以赴！因爲我知道這傢伙，他可是一點也不會手下留情的。」

「他很強。」

「相當的強，以偵探來說，我覺得他是前無古人，後無來者了。不過我有一個優勢，那就是他攻擊、我防守。我的角色要更容易些，再說……」

他頓了一下，幾乎不可覺察地笑了笑，然後將下面的話說完：

「再說，我知道他查案的方法，但他不知道我的，我爲他備下了幾個密招，可以讓他好好想想了……」

他用手指輕輕地敲著桌面，神情很快活的隨口說道：

「亞森・羅蘋對夏洛克・福爾摩斯……法國對英國……特拉法加海戰①的前恥終於可以洗清

了！……啊！他是多麼不幸……絕不會想到我已經準備好了……一個極其警醒的羅蘋……」

他突然打住話頭，一陣嗆咳，低下頭把臉埋在盤子裡，彷彿不小心吞進了什麼。

「被麵包屑嗆到？」我問道，「……喝點水吧。」

「不，不是的，」他壓低聲音說道。

「那是怎麼了？」

「我需要透口氣。」

「你想把窗戶打開嗎？」

「不，我要離開這裡，快，把我的大衣和帽子給我，我要開溜了……」

「開溜？什麼意思？……」

「剛進來的那兩人……你看到高個子那個了嗎……呃，好，出去的時候，你走我的左邊擋住他的視線，別讓他看見我。」

「就是坐在你後面的那個人嗎？……」

「就是那個……因爲一些個人的因素，我想先離開這裡再跟你解釋……」

「那個人到底是誰啊？」

「夏洛克・福爾摩斯。」

他彷彿對自己的慌亂感到丟臉，努力控制住自己，抬起頭喝了杯水，鎮定下來微笑對我說道：

「很好笑吧，啊？我可不是那麼容易慌亂的，不過剛剛突然看到他……」

「你怕什麼呢？你總是不斷的喬裝打扮，改頭換面，沒人能認得出你來的，我每次跟你碰面的時候都覺得自己面對的是不一樣的人。」

「他認得出我的，」羅蘋說道，「他只見過我一次②，但我知道他一直都能看穿我，他看到的不是我喬裝的外表，而是看到我的本質……而我之前也沒料到會在這見到他！……多奇妙的碰面啊！……竟然會在這個小飯店裡……」

「原來如此，」我對他說道，「那我們要出去了嗎？」

「不……等等……」

「你想做什麼？」

「我想信賴他看看，直接跟他面對面談談……」

「你不會眞的這麼想吧？」

「會啊，我就是這樣想的……再說我還可以問看看他知道些什麼……啊！你瞧，我覺得他的眼睛已經盯住我的脖子和肩膀……他正在搜索回憶……」

羅蘋想了一下，我看到他嘴角露出狡黠的一笑，然後就隨心所欲地順從自己衝動的本性，不顧實際可能的危險，突然間站起來轉過身去，向對方彎了彎腰，快活地說道：

「怎麼這麼巧啊？眞是太幸運了……請讓我向您介紹一位朋友……」

那個英國人被突如其來的問候失態了一、兩秒鐘，隨後就本能地準備撲向羅蘋，羅蘋搖了搖頭說道：

「您這樣就錯了……您這姿勢不好看不說……而且也根本沒用！……」

英國人從右往左看了看整個餐廳，彷彿在找是否有其他人能幫忙。

「這也沒用，」羅蘋說道，「……難道您眞的有把握能夠在這裡抓到我嗎？冷靜一點吧，像紳士一樣表現得高尙點。」

在這樣的情況下表現出紳士的姿態可不是個好主意，不過很可能是英國人目前最好的做法，他半站起身，冷冷地介紹：

「這位是我的朋友兼助手——華生先生，而這位是亞森·羅蘋先生。」

華生震驚的反應引起了嘲笑，他瞪圓的雙眼和張大的嘴形成了臉部的兩道分割線，緊繃的面部肌膚呈現蘋果的光澤，茂密的短髮和短鬍渣像種在臉上生機勃勃的草。

「華生，你竟然會對這再普通不過的事感到驚訝。」福爾摩斯有些譏諷地冷笑道。

華生結結巴巴地問：

「你爲什麼不抓他？」

「你沒搞清楚狀況，華生，這位紳士就坐在我與門之間，離門口只有兩步距離，我還來不及有半點動作他就會跑到門外了。」

「那不成問題。」羅蘋說道。

羅蘋走到他們的桌子旁坐下來，現在變成福爾摩斯在他和門之間，福爾摩斯掌握了主控權。

華生看了看福爾摩斯，想知道自己是否能對這樣大膽的行爲表示欽佩，不過福爾摩斯依然面無表情，過了片刻，他叫道：

「服務生！」

服務生跑過來，福爾摩斯說道：

「來點蘇打水、啤酒和威士忌。」

在有任何新變化之前，和平協定已然達成，很快地四個人就在一張桌子上安靜聊起天來。

福爾摩斯是個很普通的人……就像我們每天都遇得到的人一樣。他五十多歲，看起來像個一輩子都耗在書桌前記賬核算的正直中產階級人士。他與倫敦那些老實的市民看起來沒什麼不一樣，兩頰上有著紅棕色的鬍鬚，剃得光亮的下巴，身形有些笨重……不過他的眼睛相當敏銳，充滿了洞察力，能穿透人心。

福爾摩斯是一個直覺、觀察力、洞察力都很強的人，而且非常機敏。似乎造物主將最出色的偵探，即愛倫坡的杜彭偵探以及加伯黎奥的勒考克警探兩種類型，都融在他身上了，這讓他出色得不像眞實世界的人。當人們在聽旁人講述那些使他聞名世界的豐功偉績時，不禁會問這個福爾摩斯是不是只是故事中的傳奇人物，只是一個由柯南·道爾這樣偉大的小說家杜撰的角色。

很快羅蘋切入正題，他問福爾摩斯將在法國停留多久。

「我待多久得取決於您，羅蘋先生。」

「噢！」

羅蘋笑著叫道，「若是取決於我的話，我請您今晚就搭船回去。」

「今晚就回去有點早，我希望大概八到十天後吧……」

「這麼說您很急囉？」

「我有很多案子都在調查中，比如英中銀行偷竊案啦、埃克萊斯頓女士被綁案……等等。羅蘋先生，您認爲一個禮拜夠嗎？」

「綽綽有餘——如果您只調查藍鑽石相關案件的話。而我可以利用這段時間採取一些預防措施，以免偵破藍鑽石一案會讓您佔到上風，進而對我造成威脅。」

「但是，」福爾摩斯說道，「我是打算八到十天內就佔優勢的。」

「那是想在第十一天就逮住我囉？」

「第十天，這是我爲自己訂的最後期限。」

羅蘋想了想，搖頭說道：

「難……太困難了……」

「是很困難沒錯，不過也不是不可能的，我還蠻確信……」

「我也確信。」華生說道，彷彿他已經清楚看到福爾摩斯採取一系列行動贏得的成果。

福爾摩斯笑道：

「華生最清楚了，他可以為此作證。」

他又繼續說道：

「顯然，我未能掌握先機，因為事情已經過去好幾個月了，我缺少一些第一手資料和犯罪痕跡，而通常我的調查都是以此為基礎的。」

「就像泥屑啦、煙灰啦這一類的東西。」華生鄭重的補充道。

「不過除了葛尼瑪先生那些值得注意的看法，我還參考了所有關於這個話題的文章，還有蒐集來的評論，因此已經有了一些關於此案的看法。」

「一些靠分析或者推斷得到的看法。」華生一本正經地補充道。

「倘若請教一下您對此案的整體看法，會不會有些冒失？」羅蘋用恭敬的語調問福爾摩斯。

看著這兩人面對面，手肘支在桌上，嚴肅而沉穩的進行討論，彷彿要解決一道難題或是就一項爭論達成一致，真是一件搔動人心又非常諷刺的事，不過這二人都像藝術家一樣，樂在其中。而華生對這種情況也激動得有些昏頭。

夏洛克不慌不忙地拿出菸斗點著，開始講自己的看法：

「我認為這樁案子比它看起來的情形要簡單得多。」

「簡單得多，的確如此。」華生回聲似的應道。

「我說的是『這樁』案子，因爲在我看來，只有一樁案子。奧特雷克男爵之死、戒指的故事，還有我們別忘了，二十三期五一四號彩票之謎，這些都只是我們可以稱爲『金髮女子之謎』的各個面向。我認爲問題的關鍵在於發現三段故事之間的關係，找出證明這三套手法一致性的證據。葛尼瑪的判斷有些膚淺，他認爲在犯人密室失蹤、來無影去無蹤的本事裡看到一致性，但我並不滿意這種如同奇跡一般瞬間消失的說法。」

「所以在我看來，」福爾摩斯清楚地說道，「這三樁事件的特點在於，您顯然是有意在事先選好的場所進行活動，而您的這種意圖到目前爲止尚未被識破。對您而言，選擇場所不是計畫的簡單部分，而是成功的必要條件。」

「您可以再說詳細點嗎？」

「這很容易，從您和吉布瓦先生爭執一開始，戴迪南律師的公寓就被您選好了，您的計畫要成功就必須得在那個地方，很明顯，您覺得對您來說沒有地方比那更安全了，所以您可以說是光明正大的把金髮女子和吉布瓦小姐約在那裡碰面。」

「吉布瓦小姐就是吉布瓦先生的女兒。」華生補充道。

「現在我們來談談藍鑽石吧，您是不是自從奧特雷克男爵擁有藍鑽石之後，就試圖將其據爲己有？不，不是的。是在男爵住進他兄弟的公館的半年之後，安托內特・布蕾亞介入，那是初次嘗試，但是那次藍鑽石您沒得到手，之後拍賣會在德魯奧拍賣行熱熱鬧鬧的舉行。拍賣會是不是完全沒受到干擾，順利讓最富有的買家買走戒指呢？並非如此，就在銀行家赫斯曼先生要獲勝的時候，一名女子交待服務生遞給他一封恐嚇信，而事先受到這名女子影響並有所準備的克羅宗伯爵夫人買下了戒指。那這只戒指是不是馬上就被偷了呢？不，還沒有，您還缺少必要的條件，於是就隔了一段時間，等到後來伯爵夫人住進了城堡，這正是您在等待著的，然後戒指就馬上消失了。」

「難道戒指消失就是爲了重新出現在布雷肖領事的牙粉裡嗎？這要怎麼解釋？」羅蘋反駁道。

「算了吧，」福爾摩斯用拳頭敲著桌子叫道，「這種蠢話不該對我說，那些笨蛋就讓他們上當吧，我這老江湖可不會上當。」

「您的意思是？」

「我的意思是……」

福爾摩斯停頓了片刻，彷彿爲了獲得更好的效果。然後他明確表示道：

「在牙粉裡發現的藍鑽石是假的，眞的藍鑽石您已經拿走了。」

羅蘋沈默了片刻，然後直視福爾摩斯簡短地說道：

「您眞是個厲害角色，先生。」

「厲害吧，不是嗎？」華生非常敬佩地強調道。

「是的。」羅蘋肯定道。「一切都很清楚，完全水落石出，那些追查此案的預審法官和特派記者們沒有一個人在尋找眞相的途中走到這麼遠的，這眞是直覺和推理產生的奇跡。」

「哼！」偵探聽到他的恭維後說道，「這只要動腦筋思考就夠了。」

「只要動腦筋思考就能做出這些判斷的人是很少的呀！不過既然您現在已經找出三個事件的關聯，不合理的謎團也被您破解了，那現在……」

「現在我要做的，就是找出爲什麼這三樁事情要選在克萊佩倫路二十五號、亨利－馬當街一三四號和克羅宗城堡進行，這是所有的關鍵，剩下的謎題只是拿來騙小孩的把戲，您不這麼認爲嗎？」

「我也是這樣認爲的。」

「既然如此，羅蘋先生，容我再說一遍，我的工作只要十天就能完成了，沒錯吧？」

「十天？我想沒錯，您到時應該就會查出眞相了。」

「而您也會被逮捕。」

「那是不可能的。」

「不可能？」

「要抓住我，那得需要一連串天時、地利、人和的配合，而我是不會讓這種情形出現的。」

「即使這些因素無法配合，但靠人的意志力和毅力可以彌補一切，羅蘋先生。」

「前提是另一個人的意志力和毅力不先設下讓人無法克服的障礙，福爾摩斯先生。」

「這世上沒有那種無法克服的障礙，羅蘋先生。」

他們彼此對視的眼神是那樣深邃，沒有挑釁，只有平靜和果敢，彷彿兩把劍交鋒對打，擊打聲清脆而響亮。

「好極了，」羅蘋叫道，「眞是條漢子！這樣的對手可眞是少有，而且還是夏洛克・福爾摩斯，這下有意思了。」

「您不害怕嗎？」華生問道。

「挺害怕的，華生先生，」羅蘋站起身來說道，「因此我要加快撤退的腳步了……不然我可能會在家中被逮個正著，那我們就以十天爲限了，福爾摩斯先生？」

「正是十天，今天是禮拜天，下個禮拜三，一切就會結束了。」

「我就鋃鐺入獄了？」

「毫無疑問。」

「哎呀！我從前的生活是多麼寧靜啊。無憂無慮，一切順順利利，警察離得遠遠的，周圍的人都很友善……這些都將會改變！就像硬幣有正面也有其反面……上一秒晴朗的好天氣，下一秒可能就下起雨來……我沒時間再跟您說笑了，再見！」

「快去吧，一分鐘也別浪費了。」華生說道，他顯然很關心這個激起福爾摩斯重視的對手。

「一分鐘也不會浪費的，華生先生，只再跟您說一下，這次會面我眞的非常高興，我非常羨慕福爾摩斯先生有您這樣一位出色的助手。」

他們彬彬有禮地道了再見，就像對決場上兩名彼此並無私怨，卻因命運所迫不得不狠狠對決的對手，羅蘋拉著我的手臂把我拽了出去。

「親愛的朋友，你有什麼看法？這頓飯間的插曲對您準備為我寫的回憶錄應該很有幫助吧。」

他關上餐廳的門，在幾步遠的地方停下來問道：

「要抽菸嗎？」

「不了，我記得你好像也不抽的。」

「我是不抽。」

他用火柴點燃了一支菸，又搖了好幾下將火柴熄滅，又很快扔掉香菸，跑著穿過馬路和兩個人碰頭。那兩個人好像是看到信號突然從陰暗處鑽出來的，羅蘋和他們在對面的人行道上交談了幾分鐘，然後又回到我身邊。

「抱歉，我得先走了。那個可惡的福爾摩斯會給我帶點麻煩來，不過我發誓這事不會持續太久的。該死，他會看到我是怎麼對付他的。再見，華生那傢伙有道理，我一分鐘也浪費不得。」

羅蘋快步走遠了。

這個奇怪的晚上就這樣結束了，至少我參與的部分是如此。因為接下來的幾個小時裡還發生了很多事情，幸運的是我從另外兩人那邊得知了這個晚上所發生的一切。

就在羅蘋跟我分手之後，福爾摩斯掏出錶看了看也站起身。

「現在是八點四十分，九點的時候我要在火車站與伯爵夫婦見面。」

「走吧！」華生接連灌下兩杯威士忌後叫道。

他們接著走出餐廳。

「華生，別回頭……我們可能被跟蹤了，這種情況下我們得裝作什麼也沒發現的樣子……說說看，華生，告訴我你的想法，你認爲羅蘋爲什麼會在這家餐廳裡？」

華生沒有猶豫就回答：

「爲了吃飯啊。」

「華生，我們在一起辦案的時間越長，我就發現你在不斷地進步，說眞的，你太讓人驚訝了。」

黑暗夜色中，華生因爲喜悅臉都紅了，福爾摩斯又說道：

「爲了吃飯，的確沒錯。另外一個原因很可能是爲了確定我是否會像葛尼瑪在採訪中宣稱的那樣去見克羅宗夫婦，所以我爲了不讓他失望就會去，但是爲了爭取時間，我是不會去的。」

「啊？」華生愣住了。

「我的朋友，你沿著這條路跑過去，然後搭個兩、三次車，晚點再回到行李寄存處去拿我們的行李，然後直接去愛麗舍旅館。」

「愛麗舍旅館？」

「在那邊要間房間，然後躺下睡覺，等我的指示。」

華生對福爾摩斯派給自己的任務感到非常驕傲，就逕自走了。福爾摩斯拿著車票坐上亞眠開過來的火車快車，克羅宗伯爵夫婦已經在火車上了。

福爾摩斯只是同他們打了個招呼，再次點上菸斗，站在通道裡靜靜地抽了起來。

火車開始開動，十分鐘後，他在伯爵夫人身邊坐下，對她說：

「戒指在您手上吧，夫人？」

「是的。」

「麻煩借我看一下。」

他接過戒指仔細地看了看。

「和我想的一樣，這是重製的鑽石。」

「重製的鑽石？」

「這是一種新方法，就是把鑽石粉末高溫熔化……然後再合成一塊新鑽石。」

「怎麼可能！我的鑽石可是眞的。」

「您的鑽石是眞的，但這顆不是您那顆眞的。」

「那我的在哪？」

「在亞森・羅蘋手上。」

「那這個是？」

「這顆替代了您那顆眞鑽石，被故意放到布雷肖先生的瓶子裡讓您發現。」

「那麼它是假的囉？」

「絕對是假的。」

伯爵夫人嚇得說不出話來了，他的丈夫還不相信，將那戒指轉過來翻過去地察看，最後伯爵夫人結結巴巴地說道：

「這怎麼可能！他爲什麼不直接偷走就好？而且他是怎麼偷走的？」

「這正是我想弄明白的。」

「那現在要去克羅宗城堡嗎？」

「不，我在克萊伊下車返回巴黎。我和羅蘋的對決要在那邊進行，其實在哪都一樣，不過最好讓羅蘋覺得我還在旅途之中。」

「但是……」

「我在哪對您來說應該無所謂吧，夫人？關鍵是您的鑽石，不是嗎？」

「是的。」

「好的，請放心吧。不早之前我還承諾了一件比這更困難的事情呢，我以夏洛克・福爾摩斯之名為誓，一定會將真正的鑽石還給您的。」

火車到站而緩緩慢了下來，他把假鑽石放到口袋裡，打開車門。伯爵叫道：

「您下錯方向了，那邊是對面的月台啊！」

「這樣一來，如果羅蘋有派人監視我，那人就會跟丟。再見了。」

看見福爾摩斯的舉動，一名車站站員跑過來徒勞無功的抗議了一番，接著福爾摩斯到火車站站長的辦公室去。五十分鐘後，他跳上一輛火車，這輛車將在午夜前帶他回巴黎。

一到巴黎，為了擺脫跟蹤，他迅速跑出火車站，再走到車站餐廳內繞回車站，然後經由車站側門離開，最後跳上一輛馬車。

「去克萊佩倫路。」

確定自己沒有被跟蹤後，他讓車在路口停下，開始仔細檢查戴迪南律師的住所和相鄰的兩棟房子，他用步距測量了幾處距離，在筆記本上記下了幾個數字。

「到亨利－馬當街。」

在亨利－馬當街往彭博路的轉彎處，他付了車錢下車，沿著人行道走到一百三十四號，在奧特雷克男爵的公館和圍繞它的兩處出租建築前面進行同樣的工作。他測量每棟房子相隔的距離，並計算前院小花園的長寬。

街上空無一人，整整四排的路樹使得四周一片昏暗，雖然每隔一小段路就有一盞煤氣燈亮著，卻無力驅逐那濃濃的黑暗。其中一盞在公館外面投下了一束灰白的光，福爾摩斯看見鐵門欄杆上掛著「出租」的牌子，兩條已經荒蕪的小徑圍繞著草坪，從大窗戶看起來屋子空空蕩蕩的。

「嗯，」他自語道，「自從男爵死後，這裡就沒住人了……啊！我要是能進去參觀一下該多好！」

腦海中剛冒出這個念頭，他就想付諸實施了。可是該怎麼進去呢？欄杆很高，不可能爬得進去。他從口袋裡掏出一個手電筒和一把從不離身的萬能鑰匙，但馬上很驚訝地發現欄杆中有一扇鐵門是半開著的，於是他悄悄地走進花園，小心地沒有關上欄杆的門，但走了不到三步就停住了，他看到三樓有扇窗戶中透出了微光。

那光接著照過了第二扇、第三扇窗，福爾摩斯只能看見一個人影映在房間牆上。接著那道光從三樓下到了二樓，然後一直在一間間房間裡遊移。

「到底是誰半夜一點鐘在奧特雷克男爵被殺的屋子裡閒逛呢？」夏洛克對此很感興趣，暗自尋思道。

只有一個辦法可以弄明白，那就是自己也溜進去。他不再猶豫，不過，正當他穿過煤氣燈投下的光帶走向臺階的時候，裡面那人應該察覺到了，因爲光突然消失，福爾摩斯看不到那道光了。

他輕輕地推開臺階上方的門，也是開著的，四周沒有任何聲音，他冒險走進黑暗中，摸著樓梯欄杆的柱頭走上樓，樓上仍是同樣的寂靜和黑暗。

到了樓梯間，他走進一間房間，往窗邊走去，窗戶因夜光照射而呈現乳白色。他發現那人在外面正沿著兩個花園隔牆邊的灌木叢往左鑽，他可能是通過另一處樓梯下去，又從側門出去的。

「糟糕，」福爾摩斯說道，「他要逃走了！」

他衝下樓梯，三步併兩步越過臺階擋住他的退路，但卻連個人影也沒看到。幾秒鐘後，他才在灌木叢裡辨別出一個顏色更深的影子，那影子並非完全不能行動。

福爾摩斯陷入思索，這人本來可以很簡單就逃走，爲什麼他不逃呢？他待在那是不是爲了監視我這個突然闖入，打斷他秘密工作的人呢？

「不管怎樣，」他想道，「這人不會是羅蘋，羅蘋的行動可靈巧多了，這一定是他的同伴。」

好幾分鐘經過，福爾摩斯沒動，眼睛盯著窺視自己的對手，但對手也沒有動。福爾摩斯不是那種乾等的人，他檢查了手槍的彈巢，從劍鞘內拔出匕首，向敵人走過去，他身上那種冷靜與勇氣，和對危險的蔑視讓人敬佩。

一聲脆響——那人的手槍也上了膛，福爾摩斯猛然撲過去，那人來不及動作就被壓住。經過一番激烈的扭打，福爾摩斯衡量出那人的實力，便扔掉了匕首。他被即將到來的勝利刺激著，瘋狂地想馬上制住羅蘋的同謀，他覺得自己渾身充滿了不可戰勝的力量。他將對手掀翻在地，用盡全身重量壓住他，五指扣住他的喉嚨，騰出另一隻手找到了手電筒，壓下按鈕，將光照向自己的俘虜。

「華生！」他嚇壞了，叫道。

「福爾摩斯！」一個嘶啞的、透不過氣來的聲音勉強說道。

他們就這樣一動也不動，一句話也不說。兩人都筋疲力盡，腦袋一片空白。良久，汽車的喇叭聲打破了空氣的寂靜，福爾摩斯還是沒有動，五個手指緊扣住華生的喉嚨，華生嘶啞的喘氣聲越來越弱。

突然福爾摩斯感到一陣怒氣，鬆開了他的朋友，抓住他的肩膀拼命地搖晃起來。

「你在這兒幹嘛？說啊……爲什麼？……我有讓你藏在灌木叢裡監視我嗎？」

「監視你？」華生呻吟道，「但是我不知道是你啊！」

「那是爲什麼？你在這兒幹嘛呢？你現在應該在旅館床上睡覺啊！」

「我是上床了啊！」

「那就該睡覺！」

「我也睡了啊！」

「那你就不應該還醒來！」

「但你的信……」

「我的信？……」

「是啊，一個人到旅館代你轉交給我的。」

「代我？你瘋了吧？」

「我發誓是眞的。」

「信在哪裡？」

他的朋友遞給他一張紙，借著手電筒的亮光，他驚訝地讀著：

> 華生，起床趕到亨利－馬當街。男爵公館沒有人在，進去調查一下，繪一份精確的公館結構造圖，然後回來躺下睡覺。
>
> 夏洛克・福爾摩斯

「我正在測量房間，」華生說道，「然後發現花園裡有個人影，就產生了一個念頭……」

「就是抓住那個人影……想法是好的……只是……」福爾摩斯一邊將他拉起來，一邊說道，「我再說一次，華生，當你收到一封我的信的時候，你要先確認那不是仿造的筆跡。」

「那信不是您寫的囉？」華生終於看清事實說道。

「唉！不是。」

「那是誰呢？」

「亞森・羅蘋。」

「他爲什麼要寫這封信？」

「嗯！這個，我也不知道，這也正是讓我擔心的，他爲什麼要特地找你麻煩呢？要是針對我，我還能明白，可是偏偏卻針對你，這樣做有什麼用意……」

「我要趕快回旅館。」

「我也是，華生。」

他們來到鐵欄杆的門邊，走在前頭的華生抓住一根欄杆往內拉。

「啊！」他說道，「你把它關上了？」

「沒有啊，我是開著的。」

「可是……」

夏洛克也來拉門，鐵門依舊紋絲不動，他驚慌失措地檢查了門鎖，罵道：

「豈有此理……門竟然關了！而且還上了鎖！」

他拼命地搖晃著鐵門，後來終於明白自己的努力只是徒勞，他失望地垂下了手臂，用短促的聲音咬牙道：

「現在一切都可以解釋了，是他！他預料到我會在中途下車，早就在這兒張開網等著我回來調查。他還很善良地送你來給我做伴。所有這一切是爲了浪費我一天的時間，可能也是爲了向我證明我最好是別去管他的事……」

「也就是說我們成爲他的俘虜了。」

「你說對了，夏洛克・福爾摩斯和華生成爲亞森・羅蘋的俘虜，這樁冒險經歷的開頭可眞不賴……不，不，我不能接受……」

一隻手拍上他的肩膀，是華生。

「那上面……您看那上面……有光……」

事實上，二樓的一扇窗戶亮了。

他們兩人快步衝過去，各走一邊樓梯，同時到達了那間房門口。房中央點著一支蠟燭，旁邊有一個露出酒瓶頸口的籃子，裡面還有雞腿和半條麵包。

福爾摩斯笑了起來。

「太好了，有人給我們送晚飯，這眞是座魔法宮殿，像童話故事一樣！來吧，華生，別板著張臉了，這一切多好玩啊。」

「您確定這很好玩嗎？」華生神情悲慘的哀嘆道。

「我確定，」福爾摩斯帶著非比尋常的快活語氣叫道，「我從沒見過比這更好玩的。這實在是好笑……亞森・羅蘋眞是位諷刺大師啊！……他既把你打得一敗塗地，但動作卻又如此的優雅！……這樣的盛宴，就是給我全世界的黃金我也不換……華生，我的老朋友，你可眞讓我傷心。我都不要面子了，你怎麼就不能堅強點接受挫折呢？你還抱怨什麼呢？本來你現在可能已經被我的匕首刺穿喉嚨了……也或者是你的匕首刺穿我的喉嚨……你剛剛不是想要那樣做嗎，壞傢伙。」

他終於靠著幽默和挖苦讓可憐的華生重新有了活力，使他吞下一隻雞腿和一杯酒。那支蠟燭熄滅之後，他們躺下睡在地板上，倚著牆當枕頭。此刻他們境遇的悲慘和可笑就顯示出來了，他們這一覺自然也不會好到哪裡去。

清晨，華生醒了過來，腰酸背痛，渾身僵冷。一個微弱的聲音吸引了他的注意：福爾摩斯彎著腰跪在地上，仔細研究著地上的灰塵，發現一些幾乎褪掉的白粉筆標記，看來是些數字，福爾摩斯把這些數字都抄在筆記本上。

這項工作讓華生很感興趣，在他的陪同下，福爾摩斯研究了每一間屋子，在另外兩間發現同樣的粉筆標記，此外他還注意到橡木壁板上的兩個圓圈，牆上的一個箭頭和四級臺階上的四個數字。

一個小時之後華生對他說道：

「數字很精確，不是嗎？」

「精不精確我不知道，」福爾摩斯因這個發現而心情大好，回答說，「不過它們肯定代表某種意義。」

「這很清楚啊，」華生說道，「它們代表地板的數目。」

「啊？」

「是啊，而那兩個圓圈是表示橡木壁板是空心的，你可以檢查看看，另外箭頭指的是把菜從廚房送到餐廳的升降器的方向。」

福爾摩斯驚訝地看著他。

「這……我的朋友，你是怎麼知道的?你的洞察力幾乎讓我感到羞愧。」

「噢!這很簡單，」華生開心地說道，「是我昨天晚上畫下這些標記的——按照你信上的指示，或者應該說是按照羅蘋的指示，因爲你寫給我的那封信其實是他寫的。」

此刻華生所面臨的危險可能比他和福爾摩斯在灌木叢中打鬥的時候更嚴重，福爾摩斯恨不得掐死他。他好不容易控制住自己，勉強擠出一個比哭還難看的笑臉說道：

「很好，很好，這活幹得眞是不錯，我們滿有進展的。你出色的分析能力和觀察力還有沒有用在其他地方?或許我可以從你的分析跟觀察中受益。」

「這倒沒有，我只做了這些。」

「眞遺憾!原本我還覺得很有希望呢，不過既然已經這樣了，我們就只能先離開這裡了。」

「離開!怎麼離開?」

「跟普通的善良公民一樣：從大門離開。」

「但門是關著的。」

「會有人把它打開的。」

「誰啊?」

「叫兩個在街上巡邏的員警來開。」

「可是……」

「可是什麼？」

「這太丟臉了……他們要是知道你夏洛克・福爾摩斯和我華生，竟成爲亞森・羅蘋的俘虜，會說些什麼呀？」

「老友，那你想怎麼樣呢？他們的確是會笑掉大牙，」夏洛克乾巴巴地回答說，面部肌肉都攣縮了，「但我們總不能一直待在這房子裡吧。」

「你就不再嘗試看看？」

「不試了。」

「那個給我們送食物的人就完全沒有經過大門呀，所以肯定有另外一條出路。我們一起來找找，這樣就沒必要求助警察了。」

「這話很有道理，只是你忘了，那條出路全巴黎的警察已經找半年了，我在你睡覺的時候也把公館從上到下看過一遍。哦！華生，我們得習慣羅蘋這傢伙慣用的把戲，他什麼蛛絲馬跡都不會留下的，這傢伙……」

十一點鐘的時候，福爾摩斯和華生終於被放出來，他們被帶到最近的派出所，所長嚴格地詢問後將他們釋放了，不過他故作恭敬的姿態讓人很火大。

「先生們，我對你們遭遇的一切感到很抱歉。你們一定會對法國人的好客產生負面的想法。我

的天啊，你們度過多麼糟的一個晚上呀！啊！這個羅蘋眞是太不尊重人了。」

一輛車將他倆載到愛麗舍旅館，華生去櫃檯索取房間鑰匙。

查詢了一下後，櫃檯人員很驚訝地回答說：

「可是……先生，您已經退房了。」

「怎麼可能！」

「是今早您朋友交給我們的一封信上寫的。」

「什麼朋友？」

「交給我們您那封信的朋友……您瞧，您的名片還附在這兒呢，喏。」

華生接了過來，這的確是他的名片，信上也是他的筆跡。

「天啊！」他喃喃道，「這又是一個惡作劇。」

他焦慮地補充道：

「那行李呢？」

「您的朋友已經拿走了啊。」

「啊？……您怎麼會把行李交給他？」

「因爲他拿著您的信和名片啊！」

「這……好吧……」

福爾摩斯和華生沿著香榭麗舍大街漫無目的地慢慢走著，兩人都一言不發。秋日明媚的陽光照在街道上，空氣清新而溫和。

在圓點廣場，福爾摩斯點上自己的菸斗，繼續往前走。華生嚷嚷道：

「我眞不懂你，福爾摩斯，你怎麼還這麼平靜！他嘲笑你、作弄您，就像貓耍老鼠……你卻一言不發！」

福爾摩斯停下腳步，對他說道：

「華生，我在想你的名片。」

「那又怎麼樣？」

「羅蘋早就預料到有天可能會和我們爲敵，所以事先弄到我們的筆跡樣本，而且還準備了你的名片。你有沒有想到，這些細節代表他很警醒、敏銳、有條不紊，而且有很強的組織與計畫能力？」

「這代表？……」

「這代表，華生，要和這樣一個計畫齊全、準備充分的敵人作戰，並且戰勝他，就該……就該由我上陣。還有，就像你所看到的，華生……」他笑著補充道，「我們第一次的出擊並沒有成功。」

不午六點鐘的時候，《法國迴聲報》的晚報上登出了這樣一篇短文：

今天早上，巴黎第十六區派出所所長泰納爾先生救出被亞森・羅蘋關在已故奧特雷克男爵公館內的夏洛克・福爾摩斯和華生，他們在那裡度過了美妙的一晚。

此外他們還失去了自己的行李，並因此對亞森・羅蘋提出控訴。

亞森・羅蘋這次只是小小地教訓他們一下，也請他們不要逼自己採取更激烈的手段對付他們。

「啊！」福爾摩斯將報紙揉成一團說道，「這眞是個惡作劇！這是我唯一想批評羅蘋的地方……他太孩子氣了……總想著引人注目……就像調皮的小孩一樣！」

「那麼，福爾摩斯，你還保持著冷靜嗎？」

「我當然還是一樣的冷靜，」福爾摩斯用隱含著怒氣的語調回道，「惱火有什麼用呢？**我確信最後笑的人一定是我！**」

譯註：

①特拉法加海戰（Bataille de Trafalgar）：特拉法加海戰是十九世紀規模最大的一次海戰，英國海軍在這場海戰中以少勝多，打垮了法國和西班牙聯合艦隊。

②詳見《怪盜紳士亞森・羅蘋》第九章〈遲來的福爾摩斯〉。

chapter 4 黑暗中的曙光

福爾摩斯是那種不會被厄運擊倒的人，但不管經歷過怎樣的千錘百煉，有些情況下，即使英勇如他也需要先養精蓄銳才能再次衝向戰場。

「今天我放自己一天假。」他說道。

「那我呢？」

「你，華生，你就去買些衣服充實一下我們的衣櫃，這段期間我就休息一下。」

「你放心歇著吧，福爾摩斯，我會小心把風的。」

華生說到把風這兩個字時鄭重其事的樣子，就像一名正面臨險境的前線哨兵。他挺起胸膛，肌肉緊繃，敏銳的眼神掃視著他們入住的這家旅館小房間。

「你好好把風，華生。我要利用這個機會制定一份更適合我們這位對手的作戰計畫。在羅蘋這案子上我們用的方法錯了，一切都得從頭再來。」

「如果是之前還可以從頭開始，但現在還有時間嗎？」

「老朋友，還有九天呢！只需要其中五天就夠了。」

一整個下午，福爾摩斯不是抽菸就是睡覺，直到第二天他才開始採取行動。

「華生，我準備好了，我們現在開始行動吧。」

「行動，」華生充滿鬥志地叫道，「我承認我手都癢了。」

福爾摩斯接著進行了三場長時間的會談：首先是和戴迪南律師，他仔細研究了戴迪南的公寓，最細節的地方也不放過；然後詢問了蘇珊娜．吉布瓦關於金髮女子的事情（他之前發電報請她過來了）；最後是和奧古斯特修女，她自從奧特雷克男爵被謀殺後就一直隱居在聖母往見會修道院。每次會面的時候，華生都在外面等著，他每次都會問：

「滿意嗎？」

「非常滿意。」

「我就知道，我們這次走對方向了，繼續往前吧。」

他們走了很多路，看了環繞著亨利－馬當街公館的兩棟建築，接著又去了克萊佩倫路，當福爾摩斯檢查二十五號建築的牆壁時，他說道：

「顯然這些建築間都有秘密通道……但我沒弄明白的是……」

華生心裡第一次對自己這位天才夥伴的無所不能產生了懷疑，他為什麼只是說說，卻沒有實際行動呢？

「為什麼？」福爾摩斯叫道，彷彿看穿了華生心裡的想法而做出回應。「因為對付這個該死的羅蘋，我們就如同在虛無中工作，要碰運氣，不能光憑已發生的事實去判斷，我們得用自己的大腦去思索釐清，然後再去檢驗這些想法是否符合事實。」

「那秘密通道有什麼要緊的呢？」

「有什麼要緊！等我搞清楚秘密通道後，我就能找到羅蘋進入律師家中，或是金髮女子在奧特雷克男爵被害後離開的通道，那不是就更進一步了？這不就給了我一些可以向羅蘋發動攻擊的武器嗎？」

「我們要一直進攻。」華生歡呼道。

他還沒來得及把話說完就驚叫著往後退去，因為有東西突然砸在他們腳下，有個裝了半包沙子的沙袋臨空而下，差點砸傷他們。

福爾摩斯抬起頭，他們上方有工人正在六樓陽臺搭起的鷹架上作業。

「嗯，我們運氣眞不錯，」他嚷嚷道，「再往前一步這些笨蛋的沙袋就正中我們腦袋了，眞是好運……」

他一下打住話頭向那棟房子跑去，衝上六樓按了門鈴，猛然出現在公寓裡，把裡頭的傭人嚇了一跳，他直接奔向陽臺，卻不見半個人。

「剛剛在這兒的工人呢？……」他向傭人問道。

「他們剛走了。」

「從哪走的？」

「從後面的逃生梯。」

福爾摩斯俯下身去，他看見兩個人走出房子，手裡推著自行車。他們上車後，一下子就消失無蹤了。

「他們在這做了很久了？」

「他們？今天早上才剛來，是新來的。」

福爾摩斯回到華生那。

兩人鬱悶地往回走，第二日就在這黯淡的沈默中結束了。

接下來的一天還是同樣行程，他們坐在亨利－馬當街的同一張長椅上，沒完沒了地守候在那三棟建築對面，華生對此不太高興，很是失望。

「你期待什麼呢，福爾摩斯？期待羅蘋從這房子裡走出來？」

「不是。」

「期待金髮女子出現？」

「不是。」

「那是？」

「我期待能發生一點小事情，能夠當作我的出發點。」

「要是沒有發生呢？」

「那樣的話，我腦子裡就會產生些什麼東西，一點可以激起靈感的小火星。」

只有一件小事情打破了這個上午的單調無聊，不過是以一種不太愉快的方式。

一位先生騎馬沿著街面兩條車行道之間的馬道經過，那馬突然失控，一個偏移撞向了福爾摩斯和華生坐著的長椅，馬臀剛好擦過福爾摩斯肩膀。

「哎！哎！」福爾摩斯冷笑道，「只差一點點，我肩膀就被撞碎啦！」

那位先生正忙著制住他的馬，福爾摩斯掏出手槍瞄準目標，但華生急忙拉住了他。

「你瘋啦，福爾摩斯……！小心點……你會射中那位先生的！」

「放開我，華生……放開我。」

就在兩人爭執時，那位先生制服了自己的坐騎疾馳而去。

「現在朝天開槍吧。」當騎士已經走遠之後，華生獲勝似地嚷嚷。

「眞是笨得可以，你就不明白他是羅蘋的同謀嗎？」

福爾摩斯因爲憤怒渾身戰慄，可憐的華生結結巴巴說道：

「你說什麼？那位紳士？……」

「他是羅蘋的同謀，和那些往我們頭上扔沙袋的工人一樣。」

「這眞讓人無法相信。」

「要知道能不能相信，有個辦法可以證明。」

「射殺那位先生？」

「只要射他的馬就行，要不是你的話，我已經抓住一個羅蘋的同謀了，你明白自己幹的蠢事了嗎？」

接下來一整個下午氣氛都很陰鬱，他們相互間都不開口。兩人在克萊佩倫路上踱來踱去，很小心地避免靠近路邊的房子。五點的時候，三個哼著歌的年輕工人手挽著手並排著撞到他們，然後想繼續走開。福爾摩斯心情本來就很糟糕，於是攔住他們發生了衝突，他擺出一副拳擊手的架勢，對著一個人的胸口就是一拳，轉身又給另一個人臉上一拳，教訓了其中兩個，那兩人也不戀戰，和同伴一起離開了。

「啊！」他叫道，「這倒不賴……我剛剛神經正好很緊繃呢……舒展一下筋骨很不錯……」

但他忽然看見華生倚著牆邊，問道：

「怎麼！你怎麼了？臉色這麼蒼白。」

華生抬起自己垂著的手臂，結結巴巴地說道：

「不知道怎麼了……我手臂好痛。」

「手臂痛？嚴重嗎？」

「是的……嚴重……右手臂……」

他不管怎麼努力右手臂也沒辦法動了。夏洛克先是輕輕地拍了拍，接著加上了些力氣。

「得檢查一下到底有多嚴重。」他說道。華生實在是痛得厲害，他們進了附近一家藥房時，華生已經快暈過去了。

藥劑師和他的助手趕快走了過來，發現他的手臂已經斷了，得馬上去醫院找外科醫生做手術。等待的過程中，他們幫病人脫了衣服，華生因爲痛苦而發出哀嚎聲。

「好了……好了……」負責托住他手臂的福爾摩斯說道，「……冷靜點，我的好夥伴……五、六個禮拜的時間就會沒事了……不過那些混蛋，他們會付出代價的！你聽見了……特別是他……因爲這也是羅蘋幹的……啊！我對你發誓一定……」

他突然打住話頭鬆開華生的手臂，這下那個不幸的人在一陣劇痛之下又暈了過去……福爾摩斯拍著腦袋一字一句地說道：

「華生，我想到了……那是不是只是偶然呢？……」

福爾摩斯一動不動，眼睛也不眨了，一小句一小句地咕噥道：

「是的，就是這個……一切都將得到解釋……答案就近在咫尺，我們卻偏偏到遠處去尋找……我就知道只要好好思考就行了……啊！我的好華生，我想你一定會很高興的！」

福爾摩斯把他的老朋友扔在一邊，一路奔到克萊佩倫路二十五號房子前。大門右上方的一塊石頭上刻著：**建築師戴斯唐日，一八七五年落成**。

二十三號建築上也刻著同樣的字跡。

到目前爲止，一切都再自然不過了，但亨利－馬當街那邊呢？

一輛馬車剛好經過。

「去亨利－馬當街一百三十四號，快一點。」

福爾摩斯站在車上不斷地催促著，還給了車夫額外的小費。再快點！……再快點！

當他到達彭博路轉角處的時候，他是多麼的焦慮啊！他之前隱約感覺到的是不是眞相的一角呢？

亨利－馬當街公館的一塊石頭上刻著：**建築師戴斯唐日，一八七四年落成**。

附近幾幢建築上也刻著同樣的字跡：**建築師戴斯唐日，一八七四年落成**。

福爾摩斯是如此激動，躺在馬車後座上好幾分鐘，因爲快樂而渾身顫抖著。終於有一絲曙光在黑暗中跳動！在千條小徑交會的陰暗森林中，他終於發現敵人走過的那條道路上的第一個標記！

他去郵局請人接通克羅宗城堡的電話，是伯爵夫人自己接的。

「喂！……是您嗎，夫人？」

「是福爾摩斯先生吧？您好嗎？」

「很好，只是想請您告訴我……嗯……只要告訴我一件事……」

「請說。」

「克羅宗城堡是什麼時候建的？」

「城堡三十年前發生了火災，後來又再重建的。」

「誰建的？是哪一年？」

「城堡臺階上方有刻著字：**建築師呂西安・戴斯唐日，一八七七年落成**。」

「謝謝您，夫人。再見。」

他離開了郵局，口中還喃喃地念著：

「戴斯唐日……呂西安・戴斯唐日……這個名字我有印象。」

他看見路邊一家書店，進去查了近代人物生平字典，抄下了關於這個人的介紹「**呂西安・戴斯唐日，出生於一八四〇年，曾獲得羅馬大獎，榮譽軍團軍官勳位，其關於建築的著作頗受好評……**，等等。」

然後他去了藥房，華生已經被轉去醫院了，他又趕過去。他的老朋友躺在病床上，手臂上固定

著托板，因爲高燒哆嗦著發出囈語。

「勝利！勝利！我找到了線索。」福爾摩斯叫道。

「什麼線索？」

「帶我通往目的地的線索！接下來我可以一步步確實地前進了，有證據和形跡可循……」

「是煙灰嗎？」華生問道，他因爲眼下的情形又有了生氣。

「是很多其他東西！你想想，華生，我找到了金髮女子每樁冒險案之間的神秘連繫，爲什麼羅蘋會選擇那三棟房子呢？」

「是啊，爲什麼呢？」

「因爲那三棟房子是同一個建築師蓋的，這不是很簡單嗎？不過……沒有人想到這點。」

「是沒有人——除了你。」

「沒錯，除了我。我現在知道，這個建築師使用了類似的建築設計，使得那三次神秘消失有了成功的可能。那三次消失看似神秘，其實都很簡單，很容易做到。」

「眞是好極了！」

「老朋友，而且剛好就在我們快沒有耐心的時候發現了，……因爲今天已經是第四天了。」

「十天裡的第四天。」

「哦！往後……」

福爾摩斯變得興奮起來，激動快活得跟變了個人似的。

「我想到往後在路上，那些混蛋會像之前對你那樣，折斷我的胳膊。你對此有什麼想法，華生？」

華生聽了這樣可怕的假設只能不寒而慄。

福爾摩斯又說道：

「這次教訓讓我們學到點東西！你瞧，華生，我們犯的最大錯誤就是在明處和羅蘋鬥，等於把我們主動送上門去了。不過好險損害比較輕，因爲他只傷了你……」

「而且我也不過只斷了一隻胳膊。」華生呻吟道。

「別逞英雄了，本來你有可能會斷兩隻的。光天化日之下被監視所以我失敗了，要是在暗處我就可以自由行動，就占了上風，不管敵人有多強悍。」

「葛尼瑪或許可以幫你。」

「不！要是哪天我可以說：亞森・羅蘋就在那兒，那兒就是他的住處，我們應該這樣逮捕他，我就會去葛尼瑪給我的兩個地址找他：他位於佩格萊斯路的家，或者是夏特雷廣場的瑞士咖啡館。在此之前，我要一個人行動。」

福爾摩斯走近床邊，將手放在華生的肩上——胳膊斷了的那一邊。眞摯地對他說道：

「老朋友，照顧好自己。從現在起你的任務就是牽制住亞森・羅蘋的兩三個人，他們爲了找到

我的蹤跡，會等著我來打探你的消息，但都只是徒勞。這個任務可是對你的信任。」

「謝謝你對我的信任，」華生充滿感激地回答道，「但我怎麼覺得這代表你不會再來看我了呢？」

「來看你做什麼？」福爾摩斯冷冷地問道。

「好吧……好吧……我會盡量完成自己的任務的。最後幫我個忙，福爾摩斯，可以請你給我點喝的嗎？」

「喝的？」

「是的，我渴死了，而且還發著燒……」

「哦！馬上……」

他擺弄了兩三個瓶子，轉眼發現一包菸，便將菸斗點上。突然間他彷彿沒聽見自己那位朋友的請求，就這樣走了，剩下他的老朋友用哀求的目光看著那瓶自己拿不到的水。

「戴斯唐日先生在嗎？」

這是一座位於馬雷澤爾布廣場和蒙夏南路交會處的漂亮公館，傭人開了門，打量著來客：一個矮個子男人，頭髮花白，鬍渣斑駁，穿著髒兮兮的長款黑禮服，身形奇怪。於是他輕蔑地回答道：

「戴斯唐日先生在或不在，這得看您是誰了？您有帶名片嗎？」

這位先生沒有名片，不過有一封介紹信。傭人只得拿了信去見戴斯唐日先生，然後接到命令把這個新來的人領進去。

這樣那人就被帶進了一個寬敞的圓形大廳。這間大廳佔去公館一側，牆上都放滿了書。建築師問道：

「您就是斯迪克曼先生？」

「是的，先生。」

「我的秘書告訴我說他病了，派您前來繼續他在我指導下進行的圖書分類，特別是德國書的部分。您之前做過這種工作嗎？」

「做過，先生，而且做過挺長的時間。」斯迪克曼先生帶著很濃的古德語口音回答道。

在這樣的情況下，他們很快就有了共識，戴斯唐日先生馬上就和自己的新秘書開始工作了。

夏洛克・福爾摩斯順利潛入了。

爲了擺脫羅蘋的監視，進入呂西安・戴斯唐日和他女兒克羅蒂爾德居住的公館，這位著名的偵探不得不喬裝打扮，多番籌謀，用化名吸引了不少人的幫助和信任，來度過這最複雜的四十八小時。

他知道的資訊如下：戴斯唐日先生因爲身體不好想多休息，已經退休了，與自己收集的建築類書籍爲伴。他沒有什麼特別的喜好，除了那些蒙塵的舊書。

至於他的女兒克羅蒂爾德，在旁人眼裡是個怪人，從不出門，總是和父親一樣把自己關在房裡，她的房間在公館的另一邊。

「這一切，」福爾摩斯一面在冊子上寫下戴斯唐日先生報給自己的書名，一面尋思道，「雖然尚未有突破性進展，但已邁出了一大步！以下這些問題，我一定至少能找出其中一個的答案：戴斯唐日先生是不是羅蘋的同夥？他是否還在繼續見他？是否存在一些與那三棟建築設計相關的檔案？這些檔案是否能提供我其他同樣被動了手腳的建築地址，羅蘋可能留著它們供自己和同夥使用。」

戴斯唐日先生，亞森．羅蘋的同謀！這位可敬的榮譽軍團軍官勳位獲得者，竟然和一個強盜共謀。這樣的假設讓人無法接受。此外，假使承認這樣的共謀，戴斯唐日先生三十年前怎麼能預計到當時還在襁褓中的亞森．羅蘋會藉此逃脫呢？

管它呢！福爾摩斯只顧拼命追擊。憑著自己天才的嗅覺和獨特的直覺，他覺得自己身邊有神秘的東西在晃蕩。這種猜測的根據是些他自己也說不清道不明的細枝末節，不過他一進公館就能感受到。

第二天早上他還是沒有任何有價值的發現。下午兩點鐘的時候，他第一次見到來書房找書的克羅蒂爾德．戴斯唐日。她大約三十多歲年紀，棕色頭髮，舉止嫻靜，臉上的神情是那種活在自己世界裡的人的漠然。她和戴斯唐日先生交談了幾句就走了，甚至沒有看福爾摩斯一眼。

無聊的下午顯得很漫長，五點鐘的時候，戴斯唐日先生說他要出門。福爾摩斯就一個人留在圓形大廳上方建築在半空中的環形走廊上。他正準備離開的時候，聽到了個聲響，他覺得屋子裡有人。時間一分一分的過去，突然間他顫抖了一下：一個影子從陰暗處出來了，離他很近，就在陽臺上。這是眞的嗎？這個隱形人在這陪他多久了？他是從哪來的？

那人下樓梯後，朝一個很大的橡木櫥櫃走了過去。福爾摩斯跪著隱藏在走廊欄杆上掛著的窗簾裡觀察，看見那人在滿櫃子的文件裡翻找。他在找什麼呢？

門突然開了，戴斯唐日小姐很快走了進來，對跟在自己身後的人說道：

「您不出去了吧，爸爸？……這樣的話，我就開燈了……等等……等我開好燈……」

那人關上櫥櫃的門，藏身在一扇大窗戶裡，拉上了簾子。戴斯唐日小姐怎麼會沒看見他呢？她怎麼會沒聽見他的動靜呢？戴斯唐日小姐很平靜地開了燈，讓道給父親進來。父女二人挨著坐下了，她開始讀起一本隨身帶著的書。

「您的秘書沒在這？」過了片刻她問道。

「他不在……妳看到了……」

「您對他一直都還滿意吧？」她又說道，彷彿根本不知道原來的秘書病了，換斯迪克曼接替他的工作。

「滿意……挺滿意的。」

戴斯唐日的頭左右晃盪起來，接著就睡著了。

又過了一會兒，年輕女子還在看書。窗簾一角掀開了，那人沿著牆向門口移去，這個動作是

在戴斯唐日先生背後進行的，可正對著克羅蒂爾德，福爾摩斯可以把他看得清清楚楚，那人正是亞森・羅蘋。

福爾摩斯高興得微微顫抖起來，他的推理是正確的，自己已經來到了神秘事件的核心，羅蘋也在預計的地方出現了。

可克羅蒂爾德沒有動，儘管她不可能沒看見那人的舉動。羅蘋幾乎移到了門邊，他已經伸手準備去拉門把，突然他的衣角擦過桌面，桌上一件東西掉了。戴斯唐日先生一驚之下醒了過來。羅蘋馬上站到他面前，手持帽子微笑著。

「馬克沁・貝爾蒙，」戴斯唐日先生高興地叫道，「……親愛的馬克沁！……什麼風把你吹來了？」

「我想看看您跟戴斯唐日小姐呀。」

「你旅行回來了？」

「昨天剛到。」

「留下來跟我們一起吃晚餐吧？」

「不了，我還跟幾個朋友約在飯店碰面。」

「那明天吧？克羅蒂爾德，務必請他明天來吧。啊！馬克沁……我這些天眞是想你呢。」

「眞的嗎？」

「眞的，我整理這櫃子裡從前的資料，發現我們最後的一筆賬目。」

「哪一筆？」

「就是亨利－馬當街那筆。」

「怎麼？您還留著那些廢紙啊！那沒什麼用了！……」

他們三個人一起在小客廳裡坐了下來，那間小客廳與圓形大廳相連，只隔了一扇窗。

「這是羅蘋嗎？」福爾摩斯尋思道，突然產生了懷疑。

是的，這顯然是他，可又好像是另外一個人，只不過和羅蘋有些地方比較像，但又有自己的特徵，他的目光，髮色……

他穿著套裝，繫著白色領帶，柔軟的襯衣裹住他的上身。他談吐活潑愉快，講的故事讓戴斯唐日先生由衷地發笑，連克羅蒂爾德的唇角也透出了笑意。他們的微笑似乎是羅蘋希望看到的，看到他們笑出來，他很是高興。羅蘋的談話愈來愈睿智愉悅，克羅蒂爾德聽著他歡快明亮的聲音，不知不覺臉上的表情都生動了起來，不再是之前一副冷冰冰不愛搭理人的神氣。

他們彼此相愛著，福爾摩斯心想，但這克羅蒂爾德、戴斯唐日和馬克沁・貝爾蒙之間到底有什麼關聯？克羅蒂爾德知不知道馬克沁就是羅蘋呢？

福爾摩斯焦慮地聽著他們的談話，一個細節也不放過，直到七點鐘的時候，他小心地走下樓，穿過屋子裡從小客廳內看不到的那一側離開。

福爾摩斯走到外面，確定外面沒有汽車也沒有停著的馬車，才沿著馬雷澤爾布大街一瘸一拐地走過，到了臨街的路上，他套上搭在手中的大衣，將帽子改變形狀，挺直扮秘書時縮起來的身子。這一番喬裝之後他又變了個模樣，在戴斯唐日公館的大門守著。

羅蘋幾乎馬上就出來了，他沿著君士坦丁堡路和倫敦路走到了巴黎市中心，福爾摩斯跟在他身後大約一百步遠。

這樣的時光對福爾摩斯來說是多麼的美妙啊！他貪婪地呼吸著空氣，就像一隻聞著道路上新鮮氣息的小狗。眞的，他覺得跟蹤對手是一件愜意的事情。被監視的不再是自己，而是羅蘋，隱形人羅蘋。可以說他一直將羅蘋鎖在自己視線的盡頭，彷彿有斬不斷的線連著。他樂於在散步的人群中打量著自己的獵物。

不過一個奇怪的現象很快引起了他的注意：在他和羅蘋之間，還有其他的人也在往同一個方向走，特別是左邊人行道上兩個戴圓帽的大壯漢，還有右邊人行道上戴鴨舌帽叼著香煙的兩個傢伙。可能只是湊巧吧，可是當羅蘋走進一家煙草專賣店之後，四個人都停下了腳步，福爾摩斯更驚訝了。當這四人再次與羅蘋同時分頭前進，各自走過昂丹馬路的時候，福爾摩斯愈發地覺得詫異。

「該死，」福爾摩斯想道，「他這是被盯梢了！」

福爾摩斯想到還有其他人跟蹤羅蘋試圖劫持他，就覺得很惱火。並不是因爲榮耀——他才不在乎這個呢。而是爲了獨自一人制服自己生平遇到的最可怕的敵人的巨大快樂和強烈快感。但他不會看錯的，這些人神情冷淡，而且相當的自然，就像那些跟蹤別人卻又不願引人注目的人一樣。

「葛尼瑪是不是有什麼事還瞞著我？」福爾摩斯喃喃道，「……他是不是在耍我？」

他想和四人中的一個搭訕，但是他們快靠近大街了，人群更加密集。他害怕跟丟羅蘋，只得加快腳步。羅蘋走上赫爾德街拐角處匈牙利餐廳的臺階時，他剛剛趕到。餐廳的門開著，福爾摩斯坐在街對面的長椅上，正好可以看到他在一張桌邊坐下。桌子佈置得很豪華，上面還擺著鮮花。桌邊已經有三位穿禮服的先生和兩位優雅的女士，他們都很熱情地歡迎他的到來。

福爾摩斯用目光去尋找那四個人，看見他們分散在欣賞隔壁咖啡館裡茨岡樂隊演奏的人群中。奇怪的是他們似乎並不關心羅蘋，而是更關注他們周圍的人。

忽然他們中有一個人從口袋裡掏出一支菸，走近一位穿禮服戴高帽的先生。那位先生遞上了自己的雪茄，福爾摩斯覺得他們在交談，而且比借個火的時間要來得長。最後那位先生走上臺階看了餐館的大廳一眼。瞧見羅蘋之後，走上前去跟他交談了片刻，然後選擇了一張臨近的桌子坐了下來。福爾摩斯發現這位先生正是亨利－馬當街上那個騎馬的人。

這下他明白了，羅蘋不僅沒被盯梢，而且這些人都是他的同夥！他們在幫他把風！這是他的保鏢、他的衛兵、他的護衛隊。無論主人在何處遇到危險，他們都在那裡，準備好提醒他、保護他。那四個人是他的同夥！那穿禮服的先生也是同夥！

一陣戰慄傳遍了福爾摩斯全身，是不是他可能永遠也抓不住這個無法靠近的人？這樣的頭頭帶頜下的一個團體會有怎樣無窮的力量啊！

他從記事本上撕下一張紙，用鉛筆寫了幾行字，塞進信封裡，對躺在長椅上的一個十五、六歲的男孩說道：

「拿著，小傢伙，坐車把這封信送到夏特雷廣場瑞士咖啡館的櫃檯，要快……」

他給了男孩五法郎，那孩子就一溜煙去了。

半個小時過去了，人愈聚愈多，福爾摩斯只能時不時瞄見羅蘋的幫手。忽然一個人挨著他貼了過來，對他耳語道：

「怎麼了，福爾摩斯先生？」

「是您，葛尼瑪先生？」

「是啊，我在咖啡館收到您的信了。怎麼了？」

「他在那兒。」

「您說什麼？」

「在那兒……餐廳裡面……您頭往右轉一下……看見他沒？」

「沒有。」

「他正給旁邊的女士倒香檳呢。」

「那個不是他。」

「是他。」

「我，我只能回答您……啊！可是……他眞的可能是……啊！混蛋，他們眞像！」葛尼瑪天眞地低語道，「……其他人呢，是同夥？」

「不，他旁邊的那位女士是克莉雯丹，另一個是克萊斯公爵夫人，對面那個是西班牙駐倫敦大使。」

葛尼瑪上前一步，福爾摩斯拉住他。

「太冒失了！您只有一個人。」

「他也是。」

「不，他的人在街上把風呢……還沒把餐廳裡面那個傢伙算進去……」

「不過當我揪住羅蘋的領子叫出他名字的時候，店裡所有人都會站在我這邊的，所有人。」

「我希望最好有幾個員警在場。」

「羅蘋的朋友正盯著呢……您瞧，福爾摩斯先生，我們別無選擇。」

葛尼瑪說的有理，福爾摩斯也覺得最好還是利用現場的形勢冒一次險，他囑咐葛尼瑪說：

「讓人盡可能晚一點認出您……」

他自己則溜到了一個報刊亭的後面，從那兒還可以看到羅蘋正微笑著轉向他身邊的那位女士。探長手抄在口袋裡穿過馬路，和普通行人沒什麼兩樣。但剛到對面的人行道上，他就迅速轉向，躍上臺階。

一聲尖銳的哨響……葛尼瑪迎頭撞上餐廳老闆。老闆攔住門，憤怒地把他往外推，就像是對待衣冠不整會丟了高級餐廳顏面的闖入者一樣。葛尼瑪踉蹌了一下。與此同時，那位穿禮服的先生也出來了，他站在葛尼瑪這邊，和餐廳老闆激烈地爭論起來。兩人都纏著葛尼瑪不放，一個拉住他，一個把他往外推，最後不管葛尼瑪怎麼努力，不管他多麼憤怒地抗議，這個可憐的人都被逐到臺階下面。

一大群人立刻圍了上來。兩名被吵鬧聲引過來的員警試圖分開人群，可卻被一股不可思議的抵抗力逼得動不了身，根本沒法擺脫那些壓著他們的肩膀和擋住他們去路的脊背……

突然魔法般的道路就通暢了！……餐廳老闆明白了自己犯下的錯，連連道歉。穿禮服的那位先生也不再保護探長了，人群散開了，員警也過去了。葛尼瑪撲向那六位客人的桌子……只有五個人了！他看了看周圍……除了門沒有其他出口。

「之前坐在這個位置的人呢？」他朝著那五位被嚇呆的客人叫道，「……沒錯，你們之前是六個人……那第六個人在哪兒？」

「戴特羅先生？」

「不是，是亞森・羅蘋！」

一個服務生走上前來：

「那位先生剛上了二樓。」

葛尼瑪衝到二樓，二樓都是包廂，有一處特別的出口正對大街！

「現在要怎麼找他？」葛尼瑪哀嘆道，「他早就走遠了！」

……但羅蘋並沒有走遠，只是在二百公尺外，從瑪德蓮廣場開往巴士底監獄的公共馬車上。車子由三匹馬拉著，不急不徐地往前走，穿過劇院廣場沿著金蓮街。馬車後面的平臺上兩個戴西瓜帽的傢伙在聊天；車頂層的樓梯口，一個小老頭正在打盹——正是福爾摩斯。

他的腦袋隨著車輛的行進微微晃動，他自言自語道：

「要是勇敢的華生瞧見我，他一定會爲自己的朋友感到驕傲的！……呵！……一聲哨響，很容易就可以預見那一局已經輸了，最好的做法就是監視餐廳周圍。和這傢伙爭鬥的生活還眞是充滿樂趣！」

車子到了終點站，福爾摩斯俯身看見羅蘋走在他的保鏢前面，可以聽到他低聲說道：「星形廣場。」

「星形廣場，太好了，他們定下了會面地點，我會去的。我就讓他坐車去吧，我跟著那兩個同夥就行了。」

他那兩個同夥是徒步過去的，的確去了星形廣場，敲了夏爾格蘭路四十號一棟窄房的門後進去了。在這條人跡罕至的小路形成的拐彎處，福爾摩斯藏身在一處圍牆的陰影中。

底樓兩扇窗戶中有一扇是開著的，一個戴圓帽的男人拉下了百葉窗，上方的楣窗亮了起來。十分鐘之後，有位先生也來敲了這扇門，接著很快又來了另外一個。最後一輛馬車停在門口，福爾摩斯看見車上下來了兩個人：羅蘋和一位裹著大衣與厚面紗的女士。

「金髮女子，毫無疑問。」福爾摩斯自言自語道。馬車走遠了。

福爾摩斯又等了片刻才靠近房子，爬上窗臺，踮著腳透過楣窗往裡面瞧去。

羅蘋倚在壁爐旁興奮地講著話，其他人站在他周圍仔細地聽著。福爾摩斯在他們當中認出了穿禮服的先生，似乎還有餐廳老闆。至於金髮女子，她背對著自己坐在扶手椅上。

他們這是在開會呢，他想著，……今晚的事讓他們很擔心，所以有必要討論一下。啊！現在正好可以把他們一網打盡！……

室內有一個人動了一下，福爾摩斯跳回地面，隱入陰影裡。穿禮服的先生和餐廳老闆出來了。很快二樓的燈亮了，有人拉下了百葉窗，從上到下就都漆黑一片了。

「她和他待在一樓，」福爾摩斯思忖道，「另外那兩個同夥就住在二樓。」

大半夜過去，他一動不動地守著，害怕羅蘋在自己離開的時候跑掉。淩晨四點的時候，他在路盡頭看到了兩名員警，便跑過去向他們解釋了眼下的情形，託他們看著這棟房子。

然後他自己去了葛尼瑪位於佩格萊斯路的家中，讓人把他叫起來。

「我還一直盯著他呢。」

「亞森・羅蘋？」

「是的。」

「如果還是像上次那樣，我想我最好還是重新躺下睡覺。算了，走吧，我們先去警局找支援。」

他們一直走到梅斯尼爾路，又從那去了分局長德古昂特的家中，接著他們在六、七個警察的陪同下回到夏爾格蘭路。

「有新情況嗎？」福爾摩斯問兩名監視的員警。

「什麼情況都沒有。」

當分局長採取了必要的措施，按下門鈴朝門房的屋子走去的時候，天空開始現出了魚肚白。女門房被這突如其來的闖入嚇壞了，渾身發抖。她回答說一樓沒有房客。

「怎麼會沒有房客！」葛尼瑪叫道。

「是沒有，是二樓有房客，勒魯家的先生們……他們在一樓添了傢俱，爲的是接待外省來的親戚……」

「一位先生和一位女士？」

「是的。」

「昨天晚上和他們一起來的？」

「可能吧……我那時已經睡下了……但鑰匙還在我這呢……他們沒拿鑰匙啊……」

分局長用這把鑰匙打開了前廳另一側的門，一樓只有兩間房間：都是空的。

「不可能！」福爾摩斯大聲嚷道，「我看見他們的，她和他。」

分局長冷笑道：

「我相信確是如此，但他們現在不在了。」

「到二樓去，他們應該在上面。」

「二樓住的是勒魯家的先生們。」

「我們就問問他們。」

他們一群人上了樓，分局長敲了門。敲第二下的時候，有人出現了，正是羅蘋的保鏢之一。他外衣都沒穿，一臉憤怒的表情。

「幹嘛呢！吵死了……這樣把人弄醒……」

他突然停住了，迷糊地說：

「天啊，請原諒我……我沒做夢吧？您是德古昂特先生！……還有您，葛尼瑪先生？我可以爲你們做點什麼？」

一陣狂笑，葛尼瑪撲哧一聲，笑彎了腰，臉漲得通紅。

「是你啊，勒魯，」他結結巴巴地說道，「……噢！這太可笑了……勒魯，亞森・羅蘋的同夥……啊！我要笑死了……你兄弟呢，怎麼沒看到？」

「艾德蒙，快來，葛尼瑪先生來看我們啦……」

另一個人走了出來，葛尼瑪一見之下笑得更開心了。

「怎麼可能！這眞是讓人完全想不到啊！我的朋友們，你們有麻煩了……誰會對你們起疑啊！幸好老葛尼瑪警醒，特別是他還有朋友幫忙……一個來自遠方的朋友！」

他轉向福爾摩斯介紹道：

「維克多・勒魯，巴黎警察總局的警探，是警隊裡精英中的精英……艾德蒙・勒魯，刑事鑒識科的要員……」

chapter 5

綁架

福爾摩斯沒有貿然行事。抗議？指控這兩個人？這都是沒用的。除非他掌握證據，否則沒有人會相信他。而他此刻手上並沒有證據，也不想把時間浪費在尋找證據上。

他肌肉收縮，雙拳緊握，一心只想著不要在得意洋洋的葛尼瑪面前表露出自己的憤怒和失望。他充滿敬意地跟這兩位警察精英勒魯兄弟打了招呼，便走開了。

他在前廳繞了個彎，走到一扇通往地窖的低矮門邊，撿了塊紅色的小石頭，那是一塊石榴石。

他出門轉過身，在四十號房子附近看到刻著的字：**建築師呂西安．戴斯唐日，一八七七年落成**。

四十二號房子上也刻著同樣的字跡。

「還是密道，」他心想道。「四十號和四十二號是相通的。我之前怎麼沒想到呢！昨晚我應該和那兩個員警待在一起的。」

他問那兩人道：

「我不在的時候是不是有兩個人從這個門出去了？」

他指的正是旁邊那棟房子的門。

「是的，一位先生和一位女士。」

福爾摩斯回到門前拉住探長的胳膊把他拽了過來說道：

「葛尼瑪先生，您也笑夠了，您討厭我，因爲我給您帶來了些小麻煩……」

「噢！我一點都不討厭您。」

「是嗎？不過最好的笑話都只是一時的，我覺得應該結束了。」

「我同意。」

「今天已經是第七天了，三天之後我必須回倫敦。」

「哦！哦！」

「我會按時回去的，先生，而且我請您在禮拜二到禮拜三的那個晚上做好準備。」

「爲了再來一次和今晚一樣的探險嗎？」葛尼瑪開玩笑地說道。

「是的，先生，和今晚一樣的。」

「這次會如何收尾？」

「以羅蘋的被捕收尾。」

「您這樣認爲？」

「我以我的名譽向您發誓，先生。」

福爾摩斯打了聲招呼就走了。他在離這兒最近的一家旅館稍事休息，接著就精力充沛、自信滿滿地回到夏爾格蘭路上。他往門房手裡塞了兩個金路易，確認勒魯兄弟都已經走了，並且還得知這棟房子是歸某位阿爾明嘉先生所有。接著他點了支蠟燭，沿著自己之前撿到石榴石的那扇小門下到地窖裡。

就在樓梯的下面，他又撿到了一塊形狀相同的石榴石。

「我沒弄錯，」他想道，「這兒就是相連的地方……我們來瞧瞧，我的萬能鑰匙能不能打開底樓房客的小地窖？可以……太好了……檢查一下這些葡萄酒櫃……噢！噢！這些地方的灰都被掃掉了……地上還有腳印……」

一個輕微的聲音讓他不禁側耳細聽。他很快地推開門，吹熄蠟燭，藏在一堆空箱子後面。幾秒鐘之後，他注意到一個靠牆的鐵櫃輕輕地在旋轉，帶動了它後方整面牆。一盞提燈的微光投了進來，接著出現了一隻手臂，有人進來了。

那人彎著腰，像是在找什麼東西。他用手指翻著那些灰，好幾次直起腰把什麼東西放進了左手

拿著的一個紙盒裡。然後他抹去了自己的足跡，還有羅蘋和金髮女子留下的那些，接著走近鐵櫃。

突然他發出了刺耳的叫聲，癱倒在地，福爾摩斯撲向了他。事情只發生在一分鐘內，再簡單不過了。那人橫躺在了地上，手腳都被縛住了。

福爾摩斯彎腰問道：

「你要多少才肯開口？……才肯告訴我你知道的東西？」

那人只是答以一個諷刺的微笑，福爾摩斯明白自己的問題只是徒勞。

他只得把俘虜的口袋翻了一遍，不過只找到了一串鑰匙、一塊手帕和一個那人之前用的小紙盒，裡面裝著十幾塊石榴石，和福爾摩斯之前撿到的差不多。這收穫可不怎麼樣！

還有他該怎麼處置這個人呢？是守株待兔等他的朋友來救他，好將他們一網打盡全部交給員警？那又有什麼用呢？他從中又能得到什麼好處從而勝過羅蘋呢？

他猶豫了一會，檢查了那盒子一番，下定決心。盒子上寫著如下地址：「**珠寶商雷納德，和平路**。」

福爾摩斯決定不管這個傢伙，他重新推開鐵櫃，關上地窖的門，走出這棟房子。他在郵局寄了掛號郵件通知戴斯唐日先生自己明天才能去工作，接著就去了珠寶商的鋪子，遞上了這些石榴石。

「太太讓我把這些石頭送過來，她在您這兒買了一件珠寶，這些就是從上面脫落下來的。」

福爾摩斯撞對了，珠寶商回答道：

「事實上……那位女士已經給我打電話了，她一會兒會親自過來。」

直到五點鐘，一直在人行道上監視的福爾摩斯才看見了一位戴著厚面紗的可疑女士出現。透過玻璃他可以看見那名女子將一件飾有石榴石的老式珠寶放在櫃檯上。

她放下東西幾乎馬上就離開了，一路疾走到克里希，接著又繞進好幾條福爾摩斯不認識的路。夜色降臨的時候，他跟著那女子進了一處公寓，並且沒被門房發現。那公寓有五層、兩棟建築，因此住了不少房客。那女子在三樓停住，走了進去。兩分鐘以後，福爾摩斯開始用自己在地窖里弄到的那串鑰匙碰運氣，一把一把地試。第四把的時候，鎖開了。

透過房內的陰影，福爾摩斯看見了一間間空無一人的屋子，彷彿一處無人居住的公寓。屋內所有的門都是開著的。可是走道盡頭卻透出了一束微弱的燈光。福爾摩斯踮著腳走近前去，透過一面隔開客廳和房間的鏡子，看見那戴面紗的女子脫了外衣和帽子，將它們放在屋內僅有的一張椅子上，又套上了一件絲絨的晨衣。

接著福爾摩斯看見她朝壁爐走去，按下了電鈴按鈕。壁爐右側的壁板就開了半扇，沿著牆壁滑開，隱入了旁邊一塊壁板中。

那女子等到縫隙足夠大的時候就馬上進去……提著燈消失不見了。這個系統很簡單，福爾摩斯也照著用了。

他在黑暗中摸索前行，不過還是撞到了一些軟軟的東西。於是劃了一根火柴，借著亮光發現自己周圍都是些掛在拉捍上的衣裙。繼續往前走，停在了一個門洞前。門被一張壁毯擋住了，或者說是一張壁毯的背面。福爾摩斯手上的火柴燃盡之後，發現有光透過這件又老又舊的織物。

他往外看去，眼前正是金髮女子，就在自己觸手可及之處。

女子熄了油燈，打開了屋內的電源，福爾摩斯第一次在完全光亮處看見了她的臉。他顫抖了一下，自己彎彎繞繞費盡周折跟上的這個女子不是別人，正是克羅蒂爾德・戴斯唐日。

克羅蒂爾德・戴斯唐日，殺害奧特雷克男爵的兇手和偷走藍鑽石的賊！克羅蒂爾德・戴斯唐日，亞森・羅蘋的神秘女友！她就是金髮女子！

「是的，自然嘍，」他想道，「我眞是頭蠢驢。只因爲羅蘋的女友是金髮而克羅蒂爾德是棕髮，就沒想到把這兩個女人連在一起！金髮女子在殺害男爵、偷了鑽石之後怎麼還會是金髮呢！」

從福爾摩斯的角度可以看見屋子的一部分，這是一間雅致的閨房，飾有亮色的帷幔，佈置著各種値錢的小擺件。克羅蒂爾德坐在那兒，頭埋在手裡，一動不動。過了片刻，福爾摩斯發現她在哭泣。大顆大顆的眼淚順著她蒼白的臉頰滾下來，流到了她的嘴角，又一滴滴的落在她上衣的絲絨上。她的眼淚一直往下流，彷彿是從一汪不竭的泉水中冒出來的。這是一幅憂傷的畫面，那種寂靜無爭的失望盡顯在了她緩緩的淚流中了。

正在這時她身後的門開了，亞森・羅蘋走了進來。

他們相視良久，一句話也沒說。然後羅蘋跪在了她的身邊，將頭埋入了她的胸口，用手臂圈著她。他抱著年輕女子的姿勢裡充滿了深深的柔情和憐惜。兩人都沒有動，一種溫柔的沈默將他們連在了一起，女子的眼淚漸漸停了。

「我是多想讓妳快樂啊！」他喃喃地說道。

「我很快樂。」

「不，因爲妳哭了……妳的眼淚讓我覺得難過，克羅蒂爾德。」

她任由自己沉浸在這帶著撫慰的溫柔聲音裡，就那麼聽著，充滿了希望和幸福。她的臉因爲微笑柔和起來，可那微笑還是那樣的悲傷！他乞求道：

「別傷心了，克羅蒂爾德，妳不應該傷心的，妳沒有傷心的權利。」

女子將自己那雙白皙、細緻又柔軟的手伸給他看，認眞地說道：

「只要這雙手還是我的，我就會傷心，馬克沁。」

「這是爲什麼呢？」

「它們殺了人。」

馬克沁叫道：

「別說了！別想這個……過去的都已經過去了，都不重要了。」

他親吻著她那雙白皙的手，她看著他的笑容明亮起來，彷彿他的每一下吻都能抹去些許可怕的回憶。

「你必須愛我，馬克沁，應該愛我，因爲沒有一個女人像我這樣愛你了。爲了讓你高興，甚至都不用你的命令，只是按著你心裡頭隱秘的想法，我都做了。我做的這些事完全違背了我的良心，我的理智在反抗，可是我抵制不了……所有我做的這一切都是無意識的，因爲它們對你有用，因爲你想要這樣……我甚至準備好明天再做一次……並且一直這樣做下去。」

他苦澀地說道：

「啊！克羅蒂爾德，我爲什麼要把妳攪到我的冒險生活裡來呢？我本該一直是那個五年前妳愛的馬克沁・貝爾蒙，本不該讓妳知道……知道我的另外一個身份的。」

她低低地說道：

「另外那個身份我也愛，我什麼都不後悔。」

「不，妳想念妳以前的生活，那種光天化日之下的生活。」

「你在這兒，我什麼都不想念，」她激動地說道。「當我看見你的時候，錯誤、犯罪，這些都不存在了。遠離你的時候，我覺得不幸，在受罪，在哭泣，害怕自己所做的一切，這又有什麼關係呢！你的愛抹去了這一切……我什麼都接受……但你得愛我！……」

「我愛妳不是因爲應該愛您，克羅蒂爾德，而是因爲唯一的原因，那就是愛。」

「你確定嗎？」她充滿信任地問道。

「我確定，對自己，也對妳。只是我的生活是激烈而動盪的，我不能總是按著自己的意願陪伴妳。」

她馬上慌了神。

「怎麼了？是不是有新的危險？你快說啊。」

「哦！現在還不嚴重，只是……」

「只是什麼？」

「嗯，他追蹤到我們了。」

「福爾摩斯？」

「是的。就是他把葛尼瑪弄到匈牙利餐廳那樁事情裡來的。昨天晚上，也是他在夏爾格蘭路安排了兩個員警監視。我有這些證據。葛尼瑪今天早上搜了那棟房子，福爾摩斯跟他在一起。還有……」

「還有什麼？」

「嗯，還有我們的人少了一個，吉尼奧。」

「那個門房？」

「是的。」

「我今天早上讓他去夏爾格蘭路撿那些從我口袋裡掉出來的石榴石。」

「沒錯，而福爾摩斯捉住他了。」

「不可能，石榴石已經被送到和平路珠寶商那了。」

「那他現在呢？」

「喔！馬克沁，我好害怕。」

「沒什麼好怕的。不過我承認形勢很嚴峻。他知道些什麼？他藏在哪兒？他的強勢就在於他是單兵作戰，不會暴露行蹤。」

「你要怎麼做？」

「我得很小心謹慎，克羅蒂爾德。我很久以前就決定要換個住所，搬到那邊去，就是妳知道的那個別人進不去的隱秘處。福爾摩斯的介入使得這事得加快了。像他這樣的一個人要是找到了一條線索，就一定會找到這條線索的盡頭。因此我都準備好了，後天禮拜三就會搬家。中午就能結束，下午兩點，我就可以把我們住過的痕跡收拾得乾乾淨淨，離開那裡。將那裡收拾乾淨可是大工程。在這段期間……」

「這段期間？」

「我們就不能見面了，誰也不能見妳，克羅蒂爾德。妳也別出門。我自己倒是什麼都不怕，就是一遇到妳的事我就什麼都怕了。」

「那英國人不可能找到我的。」

「他什麼都可能，我得當心。昨天我差點被妳父親撞見，我是去找戴斯唐日先生過去的記錄簿的。那個時候就有危險，其實危險無處不在。我預感到敵人就在陰暗處不懷好意地轉來轉去，而且越來越近。我能感到他在監視我們……他在我們周圍撒下了網。這是我的第六感，我的直覺一直都很準。」

「既然這樣的話，」她說道，「你就走吧，馬克沁，別再想我的眼淚了。我會堅強的等著你把危險剷除。再見，馬克沁。」

她抱著他許久，最後又將他推出了門，福爾摩斯聽見他們的聲音越來越遠。

自昨晚起，福爾摩斯就被一種行動的本能刺激著。此刻這種本能更是顯得強烈，他整個人都興奮起來，英勇地衝進了一間門廳，門廳的盡頭是樓梯。他正要下樓，忽然聽見下層有談話的聲音傳來，他覺得自己最好還是繞著環形走廊從另外一處樓梯下去。等他下了樓，卻發現室內傢俱的式樣和佈局自己都很熟悉。旁邊一扇門半開著，他走進了一間圓形大廳。這正是戴斯唐日先生的書房。

「太好了！眞是妙啊！」他喃喃地說道，「我什麼都明白了。克羅蒂爾德，也就是金髮女子的閨房，與旁邊一棟房子的某間公寓是連通的，而這旁邊這棟房子又有自己的出口，不是對著馬雷澤爾布廣場，而是對著相鄰的蒙夏南路，就是這樣……太妙了！這樣我就可以解釋克羅蒂爾德·戴斯唐日是怎樣去會自己的情人卻還落了個從不出門的名聲。我還可以解釋昨晚羅蘋是怎麼突然出現在我旁邊的，因爲旁邊的公寓和書房之間還有另外一條通道……」

他得出結論：

「又是一處有機關的房子。又是建築師戴斯唐日的傑作！現在正好利用我這趟來的機會檢查一下櫃子裡的文件內容……應該可以得到其他有機關的房子資料。」

福爾摩斯走到走廊藏身在欄杆的帷幕後面，在那一直待到了夜裡。僕人來熄了電燈。一個小時以後，福爾摩斯打開手電筒的開關，向檔案櫃走去。

正如他知道的那樣，檔案裡櫃有建築師過去的材料，檔案、預算表、賬簿。第二層是一些記錄簿，按時間順序排列著。

他翻出近年的幾本，很快地檢查了摘要頁，找到了字母H。最後他找到了阿爾明嘉這個詞，後面的數字是六十三。他翻到六十三頁讀到：「**阿爾明嘉，四十號，夏爾格蘭路**。」

接下來是為這位客戶的住所安裝暖氣設備的詳細材料，另外旁邊還有條注釋：「**參見 M.B. 文件**。」

「哼！我知道了，」他說道，「M.B. 文件……我要找的就是這個。找到它我就會知道羅蘋現在的住所了。」

直到第二天早晨，他才在一本記錄簿的後半部分中發現了這份文件。

文件共有十五頁，一張是複製了記錄夏爾格蘭路阿爾明嘉先生住所的那一頁，一張詳細標明了克萊佩倫路二十五號瓦迪奈爾先生家進行的工程，另一張是關於亨利－馬當街一百三十四號奧特雷克男爵住處的，還有一張是關於克羅宗城堡的，其他十一頁涉及的都是巴黎的不同業主。

福爾摩斯抄下了十一個名字和地址的單子，把東西都放回原處，打開窗戶跳到了空無一人的廣場上，還小心地關上了百葉窗。

在旅館房間內，他嚴肅地點上菸斗，在煙霧繚繞中研究 M.B. 文件，M.B. 就是羅蘋的化名馬克沁．貝爾蒙（Maxime Bermond），由這份文件他有了結論。

八點鐘的時候，他給葛尼瑪先生送去了一封氣壓傳送信①：

「我今天早晨可能會去您在佩格萊斯路的家交給您一個人，能逮到這個人意義重大。不管怎樣，請您今晚務必待在家裡，直到明天即週三中午十二點，並請安排三十個人待命……」

接著他在街上挑了一輛汽車，這輛車的司機一副快活的神氣，卻又不甚聰明，因而正合他意。他讓車開到馬雷澤爾布廣場距戴斯唐日公館約五十步遠的地方。

「夥計，關上車門，」他對司機說道，「外面風大，把皮衣領子豎起來，耐心等著。一個半鐘頭之後發動引擎。我一回來就馬上出發去佩格萊斯路。」

當福爾摩斯跨過公館門口的時候，猶豫了一下。在羅蘋忙著作搬家準備工作的時候去對付金髮女子，這會不會是一個錯誤呢？借助建築的名錄先找到對手的住所會不會更好些呢？

「唔！」他自語道，「不過只要金髮女子在我手裡，情況就由我控制了。」

他按了門鈴。

戴斯唐日先生已經在書房等著，兩人工作了一會兒，福爾摩斯正要找藉口上樓去克羅蒂爾德的房間，年輕女子就進來了。她跟父親問了好，就在旁邊的小廳裡坐下寫東西。

福爾摩斯從自己的位置上可以看到她伏在桌上，時不時地提筆醞釀，臉上露出若有所思的表情。他等了片刻，拿了一本書對戴斯唐日先生說道：

「戴斯唐日小姐讓我一找到這本書就給她送去，剛好書在這兒。」

他去了小廳，站到克羅蒂爾德面前而戴斯唐日先生卻又看不見的地方，宣佈道：

「我是斯迪克曼，戴斯唐日先生的新秘書。」

「啊！」克羅蒂爾德沒動，說道，「這麼說我父親換了秘書了？」

「是的，小姐，我想和您談談。」

「請坐，先生。我馬上就寫完了。」

她往信上加了幾個字，簽上名，封住信口，然後又按了電話鈴，要了裁縫的電話打給裁縫，說是自己那件大衣急著要用，催她快些做，最後終於轉向福爾摩斯說道：

「現在可以了，先生。不過我們的談話不能在我父親面前進行嗎？」

「不能，小姐，我甚至請您不要太大聲，戴斯唐日先生最好什麼也不要聽到。」

「這最好是針對誰而言呢？」

「針對您，小姐。」

「我不接受我父親不能聽到的談話。」

「可您這次最好還是接受。」

他們兩人都站了起來，目光交會。

她說道：

「說吧，先生。」

他站著說道：

「如果有些細節的地方我弄錯了，請您原諒我。我可以保證的是我所陳述的事件整體的準確性。」

「請您別再囉嗦了，進入正題吧。」

年輕女子突然插進來的這句話讓他覺得她已經有了防備，他繼續說道：

「好，我就直說了。五年前，您的父親戴斯唐日先生遇到了某位馬克沁・貝爾蒙先生，後者向他介紹自己說是企業家……或者是建築師，我不是太清楚。不過戴斯唐日先生對這個年輕人很有好感，而且由於他的身體狀況已經不允許他再接案了，他就把一些之前從客戶那兒接來的、自己覺得貝爾蒙先生能勝任的案子給了他來做。」

福爾摩斯停下了，他覺得年輕女子顯得更加蒼白了。可她依然十分平靜地說道：

「我不曉得您說的這些事，先生，而且我也不知道它們跟我有什麼關係。」

「這一點，小姐，這是因爲馬克沁・貝爾蒙先生的眞名叫做亞森・羅蘋，您和我都心知肚明。」

她笑了起來。

「不可能！亞森・羅蘋？馬克沁・貝爾蒙先生是亞森・羅蘋？」

「正如我對您說的那樣，小姐，既然我比較含蓄的表達無法讓您明白，那我就補充一下，羅蘋爲了完成計畫找了一名女友，不僅是女友，還是一個盲從的同夥，而且……非常忠誠。」

她站起身，沒露出半點明顯的情緒，連福爾摩斯也爲她的自制力感到驚訝。她宣佈道：

「我不知道您這樣做的目的，先生，我也不想知道。我請您不要再說了，從這兒出去。」

「我從來都不想沒完沒了地出現在您面前，」福爾摩斯同樣平靜地回答道。「只是我已經下定決心不會一個人從公館裡走出去。」

「那誰跟您一起出去呢，先生？」

「您！」

「我？」

「是的，小姐，我們一起出去，您跟著我，不要抗議，也不要說任何一句話。」

這幕場景中最奇怪的就是兩個對手的波瀾不驚。不像是兩個意志堅強的人的殘酷對決，他們的態度和語氣倒像是兩個意見不合的人之間彬彬有禮的辯論。

透過敞著的窗洞，可以看見圓形大廳裡戴斯唐日先生正在小心地擺弄他那些書。克羅蒂爾德微微聳了聳肩膀，又坐了下來，福爾摩斯掏出了錶。

「現在是十點半，五分鐘之後我們出發。」

「如果不呢？」

「如果不的話，我就去找戴斯唐日先生，跟他談談……」

「談什麼？」

「眞相，我就跟他談談馬克沁・貝爾蒙先生編造的經歷，說說他同夥的雙重生活。」

「他的同夥？」

「是的，就是那位我們叫做金髮女子的女士，就是那個金頭髮的。」

「您有什麼證據呢？」

「我會帶他去夏爾格蘭路，給他看亞森・羅蘋利用工作的機會讓他的人在四十號和四十二號建築間建成的通道。前天晚上你們兩人都用了這處通道。」

「然後呢？」

「然後，我就會帶戴斯唐日先生去戴迪南律師家，我們會去那個暗梯，就是您和羅蘋爲了逃脫葛尼瑪先生搜捕走的那個。我們兩人可能還會找到連通旁邊房子的類似通道吧？就是出口對著巴蒂諾爾大街而不是克萊佩倫路的那棟房子。」

「然後呢？」

「然後，我會帶戴斯唐日先生去克羅宗城堡，他很容易就會找到羅蘋讓人築的秘密通道，因爲他瞭解羅蘋在修復城堡時做的工作。他會發現這些通道使得金髮女子夜間可以溜到伯爵夫人的房間裡取走放在壁爐上的藍鑽石；還有兩週後又去了布雷肖領事的房間，將藍鑽石藏到他的瓶子裡……我承認這個行爲很奇怪，可能是女人的小小報復吧，我不知道，這也不重要。」

「然後呢？」

「然後，」夏洛克用更嚴肅的聲音說道，「我會帶戴斯唐日先生去亨利－馬當街一百三十四號，我們會發現奧特雷克男爵是被您……」

「住口，住口，」年輕女子突然害怕起來，結結巴巴地說道，「……我抗議！……您竟敢說是我……您指控我……」

「您殺了奧特雷克男爵。」

「沒有，沒有，這是誣衊。」

「您殺了奧特雷克男爵，小姐。您以安托內特・布蕾亞的名字來到他身邊，目的就是搶走他的藍鑽石。您殺害了他。」

她筋疲力盡地喃喃說道，幾乎是哀求道：

「別說了，先生，我求您。您既然知道這麼多事，您就應當知道我沒有謀殺男爵。」

「我沒有說您謀殺他，小姐。我是從奧古斯特修女那得知這個細節——奧特雷克男爵精神有點異常，發病的時候只有修女才制得住他。修女不在的時候，他可能發病撲向您，打鬥過程中您因自衛而不小心殺了他。您被自己的行爲嚇壞了，按了鈴就逃走了，甚至沒有取下受害人手指上的藍鑽石，而您正是衝著這枚鑽石來的。片刻之後，您帶回了羅蘋的一個同夥，就是隔壁房子的僕人，您把男爵移到床上，整理了房間……但還是不敢取走男爵手上的藍鑽石。這就是事情發生的經過。因此，我重複一遍，您沒有謀殺男爵，但的確是藉由您的手殺害了他。」

她將自己那雙修長、細緻、白皙的手交叉放在額前，長久的保持著這一姿勢，一動也不動。終於，她鬆開了手指，臉上滿是痛苦的神情。她說道：

「這就是您想要對我父親說的？」

「是的，我還會對他說我有證人，吉布瓦小姐會認出金髮女子，奧古斯特修女會認出安托內特．布蕾亞，克羅宗伯爵夫人會認出德．蕾亞太太。這些就是我要對他說的。」

「您不敢說出來的。」她面對危險臨近的威脅又重新冷靜下來說道。

他站起身朝書房走了一步，克羅蒂爾德攔住了他：

「等一下，先生。」

她此刻已經控制住情緒，相當平靜，思考了一番問道：

「您是夏洛克．福爾摩斯先生是嗎？」

「是的。」

「您想從我這兒得到什麼？」

「我想要什麼？我和羅蘋進行了一場決鬥，我必須獲得勝利，很快就要到尾聲了，我認爲擁有一位像您這般寶貴的人質會讓我占到不少優勢。所以小姐，您跟我來，我要把您託付給我的一位朋友。我的目的一旦達成，您就自由了。」

「就這些？」

「就這些。我不是貴國的警察，因此我不認爲自己有權利來……伸張正義。」

她似乎下定了決心，不過要求稍微休息個五分鐘。她閉上了眼睛，福爾摩斯看著她，她突然間平靜下來，好像對周圍的危險漠不關心！

「甚至，」英國人想道，「她是否認爲自己處於危險中呢？不，因爲羅蘋會保護她的。她認爲只要有羅蘋在，什麼都傷不了她。羅蘋是無所不能的，羅蘋是絕對可靠的。」

「小姐，」他說道，「剛剛說的是五分鐘，現在已經過去半個多鐘頭了。」

「先生，能不能讓我上樓回房取個東西？」

「如果您要那樣做的話，小姐，我會直接到蒙夏南路去等您，我跟守門的吉尼奧也很熟了。」

「啊！您知道那個通道……」她顯然害怕地說道。

「我知道很多東西。」

「好吧，那我叫人把東西幫我拿過來。」

有人拿來了她的帽子和大衣，福爾摩斯又對戴斯唐日小姐說道：

「您應當給戴斯唐日先生一個理由，解釋我們離開的原因，而且這個理由在必要的時候可以解釋爲什麼您會好幾天都不在。」

「不用了，我很快就會回來的。」

他們重新用挑釁的目光彼此打量一番，兩人都面帶諷刺的微笑。

「您對他多有信心啊！」福爾摩斯說道。

「而且不用思考。」

「他做的一切都是對的，是不是？一切他想實現的事情。您什麼都同意，您爲了他什麼都可以做。」

「我愛他。」她因爲激動微微顫抖地說道。

「您認爲他會救您？」

她聳了聳肩，走向自己的父親通知他說：

「我將斯迪克曼先生從您這搶走，我們要去國家圖書館。」

「妳會回來吃午飯嗎？」

「可能吧……但也可能不回來吃……不過您不用擔心……」

她轉頭堅定地對福爾摩斯說道：

「走吧，先生。」

「沒打其他主意吧？」

「我會乖乖跟著您走的。」

「您要是試圖逃脫的話，我就會大聲叫人，會有人捉住您的，您可就得進監獄了，別忘了金髮女子可是在逮捕令上的。」

「我以我的名譽向您發誓，我不會做出任何試圖逃脫的事情。」

「我相信您。我們走吧。」

他們兩人一起離開了公館，就像福爾摩斯之前預告的那般。

廣場上那輛汽車還停著，只是掉頭轉到了路的另一邊，可以看見司機的背影和他的鴨舌帽，還有擋得嚴嚴實實的皮衣領子。福爾摩斯走近就能聽見引擎的聲音。他打開車門，請克羅蒂爾德上車，自己就坐在她旁邊。

車子突然開動，駛上周邊的大街，經過奧仕街和軍隊街。

福爾摩斯思索著，思索著自己的計畫。

「葛尼瑪在自己家裡……我把年輕女子帶去他那待著……要不要告訴他這個年輕女子是誰呢？不行，他會直接把她帶去拘留所的，一切就毀了。等我一個人的時候，我就去查 M.B. 文件上羅蘋有可能藏匿的建築名單……接著去追蹤。今晚，最遲明早，我再去找葛尼瑪，把羅蘋和他的同夥們交給他，就像之前說好的那樣……」

他摩拳擦掌一番，很高興感到目標已是觸手可及，這中間已經沒什麼大的障礙了。他有必要發洩一下，儘管與他的本性不符，他還是叫道：

「對不起小姐，我表現得太過志得意滿了。戰鬥太痛苦了，所以成功對我而言就顯得特別的讓人愜意。」

「您有權享受合理的成功，先生。」

「謝謝您。哎！我們走的路怎麼怪怪的！司機你沒聽到我們要去的地方嗎？」

車子這時過了訥伊門，出了巴黎城外。該死！佩格萊斯路又不在城外。

福爾摩斯搖下窗玻璃。

「哎，司機，您錯了……是佩格萊斯路！……」

那人沒有回答，福爾摩斯提高音量重複道：

「我跟您說我們是去佩格萊斯路。」

那人依舊沒有回答。

「您這是聾了嗎，朋友？還是您就沒安好心……我們來這兒幹什麼……佩格萊斯路！……我命令您以最快的速度返回去。」

還是同樣的沈默，福爾摩斯焦慮地顫抖了一下，他看了看克羅蒂爾德，年輕女子的嘴角帶著一縷不可捉摸的微笑。

「您笑什麼？」他低聲埋怨道，「……這只是小事，又沒什麼關係……改變不了什麼……」

「絕對改變不了什麼。」她回答說。

突然一個念頭讓福爾摩斯一驚，他挺起身，仔細打量駕駛座上那個人。那人肩膀要更瘦削些，態度更加無拘無束……福爾摩斯已是一頭冷汗，雙手緊縮，最可怕的想法出現在他的腦海裡，這人正是亞森・羅蘋。

「啊！福爾摩斯先生，您對這趟兜風有何看法？」

「很妙啊，親愛的先生，真的很妙。」福爾摩斯回道。

要用不顫抖的聲音說出這幾個字，又不能露出自己半分狂怒，沒有什麼比這更費力了。不過暴怒和仇恨潰堤洩出，控制了他的意志，他馬上做出反應，突然間撥出手槍對準了戴斯唐日小姐。

「馬上停車，羅蘋，否則我就要對這位小姐開槍了。」

「我建議您要是想一槍正中太陽穴的話最好瞄準臉頰部位。」羅蘋頭也沒回地說道。

克羅蒂爾德說道：

「馬克沁，別開太快，路況不太好，我很害怕。」

她依然笑著，眼睛盯著路面，前面的路高低不平。

槍管擦過了她的髮梢。

她低聲說道：

「這個馬克沁眞是不小心！依這樣的速度車子會出事的。」

福爾摩斯將武器放回袋中，抓住車門把手準備衝出去，儘管這個動作很荒唐。

克羅蒂爾德對他說：

「當心，先生，我們後面有輛車呢。」

他歪過去一看，後面果然有一輛大車。那車前端很尖，車身血紅色，充滿了野性，上面還有四個穿皮衣的傢伙。

「算了，」他想道，「我被控制住了，耐心等著吧。」

他雙手交叉抱在胸前，帶著一種驕傲的順從，就像那些屈服了等待遊蕩在自己身邊的命運之神降臨的人。車子穿過塞納河，一路不停地經過了蘇赫斯納、魯埃伊和夏圖，福爾摩斯順從的一動不動，控制著自己的怒氣，也沒顯出半分痛苦，他一心只想著羅蘋是如何奇跡般的替換了原來那個司機的。難道自己早上在街上挑中的那個正直的男孩是羅蘋預先就安排的同謀，這一點他可無法接受。但羅蘋應該是事先就接到了通知，而這一定是在福爾摩斯威脅克羅蒂爾德之後才發生的，因爲之前沒有人懷疑過他的計畫。可在那時起，克羅蒂爾德和他就沒分開過。

他突然想起來了：克羅蒂爾德給裁縫打過一個電話。他馬上就明白過來，雖然自己還沒切入正題，僅僅是以戴斯唐日新秘書的身份要和她談談，不過她已經嗅到危險的氣息，猜出來訪者的姓名和目的。她借著裁縫名義的掩飾，彷彿眞的是打給她似的，冷靜自若地用彼此事先約好的暗語打電話尋求羅蘋協助。

至於羅蘋來了之後是怎麼發現這輛發動引擎停靠路邊的汽車很可疑，又是怎麼收買了司機，這些都不重要了。眞正平息福爾摩斯憤怒，使他感到驚訝的，是那個墜入愛河的普通女子，在緊要關頭，竟能克制住緊張，控制住自己的情緒，不動聲色、低眉順眼地騙過福爾摩斯。

那個男人竟然有這麼出色的助手爲他服務，他靠著自己的魅力與權威讓一個女人充滿膽識和力量，要怎麼才能對付他呢？

車子越過了塞納河，爬上了聖日爾曼高地；離村子還有五百公尺遠的時候，車速慢了下來。另一輛車靠了上來，兩部車都停下了，附近空無一人。

「福爾摩斯先生，」羅蘋說道，「請您換車，我們這輛車的速度實在是太慢了！……」

「要做什麼！」福爾摩斯因爲別無選擇更加焦急了，叫了起來。

「也請您允許我把這件皮衣借給您，因爲我們會開得很快，我再給您兩個三明治……拿著，拿著吧，誰知道您什麼時候才能吃晚飯！」

那四個人下了車，其中一個走上前來，摘去了眼鏡，福爾摩斯認出他就是匈牙利餐廳裡穿禮服的那個人。羅蘋對他說道：

「你把車開回去，還給把它租給我的那個司機。他在勒讓德路右側第一個賣葡萄酒的地方等著。你按事先說好的，再付給他一千法郎。啊！我差點忘了，把你的眼鏡給福爾摩斯先生。」

羅蘋又和戴斯唐日小姐談了幾句，就坐上駕駛座出發了，福爾摩斯就坐在他的旁邊，後面是另一個羅蘋的同夥。

羅蘋之前說要開快點不是說假的，車子一啓動就疾速飛馳，天際線像是被一股神奇的力量吸引著，迎面向他們躍過來，很快就消失不見了，像是被一道深淵捲了進去，其他的樹木、房屋、平原和森林也如漩渦急流般沖向這道深淵。

福爾摩斯和羅蘋一句話也沒有說。他們頭頂的白楊葉子按著樹的排列佈局發出有節奏的浪濤聲。城市一個個消失：芒特、維農、加永。翻過一座座山丘，從邦瑟庫爾到康特勒，到盧昂，到盧昂郊區，到港口，到它數千米的岸邊，盧昂彷彿只是一條小鎮上的街道。車子沿著迪克雷爾、科德貝克、貝伊德高全速從海邊掠過，還有利勒博訥和基耶博夫。他們來到塞納河邊一個小碼頭的盡頭，岸邊還停著一條外表樸素但看起來很結實的船，船上煙囪還冒著滾滾的黑煙。

車子停了下來，兩個小時的時間，他們走了四十多里②。

一個穿著藍色水手服、戴著有金色飾帶鴨舌帽的人從船上走出來打招呼。

「太好了，船長！」羅蘋叫道。「您收到我的電報了吧？」

「收到了。」

「『海燕號』準備好了？」

「準備好了。」

「這樣的話，福爾摩斯先生？」

英國人打量著周圍，看見一家咖啡館的露天平臺上有一群人，近處還有另外一群。他考慮了片刻，知道自己來不及採取任何行動，就會被逮住押上船送到底艙。於是他乖乖跟著羅蘋穿過棧橋到了駕駛艙內。

這個艙很寬敞，非常乾淨，牆板的清漆和銅質材料把艙內映得相當明亮。

羅蘋關上門，有些粗魯地對福爾摩斯開門見山說道：

「你都知道了些什麼？」

「什麼都知道。」

「什麼都知道？說來聽聽。」

羅蘋的語調中已經沒有裝出來的那種帶些諷刺的禮貌了，而是一個習慣發佈命令、習慣所有人臣服於自己的主人般命令語氣，哪怕他面對的是福爾摩斯。

他們現在是公開的敵人了，用眼神較著勁。羅蘋有些惱怒地說道：

「先生，我已經好幾次在行動中碰到你了，這次數也太多，我受夠了把時間浪費在打敗你設下的圈套上。所以我要事先告訴你，我對你採取的行動取決於你的回答。你到底知道些什麼？」

「什麼都知道，先生，我再重複一遍。」

羅蘋克制住自己，用短促的語氣說道：

「我來跟你說說你知道的東西，你知道，我用馬克沁・貝爾蒙的名字，改造了戴斯唐日先生建的十五棟房子。」

「是的。」

「這十五棟房子裡你已經知道其中四棟。」

「是的。」

「你在戴斯唐日先生家拿了那份文件，可能就是昨天晚上拿的。」

「是的。」

「你認定這剩下的十一棟裡面一定有一棟是我留給自己的，以備我和我朋友的不時之需，你已經叫葛尼瑪出動員警找我的藏身之處。」

「不，我沒有。」

「這意思是？」

「意思是我是獨自行動的，我打算自己找到你的藏身之處。」

「這樣的話，我就沒什麼好怕的了，既然你已經落在我手上。」

「我在你手上的時候，你的確沒什麼好怕的。」

「你的意思是說你不會一直在我手上囉？」

「當然不會。」

羅蘋又靠近了福爾摩斯一步，輕輕的把手放在他肩上：

「聽著，先生，我沒心情跟你爭論。不幸的是，你現在也沒法打敗我，所以就這樣吧。」

「就這樣吧？」

「你要以你的名譽保證，向我承諾在這條船駛入英國海域之前，你不得試圖逃離。」

「我以我的名譽保證向你保證我會想盡一切辦法逃脫。」福爾摩斯桀驁不馴地回答道。

「該死，你知道，我只要一句話就可以讓你無力反抗。這些人對我都是無條件服從的，只要我一個手勢，他們就會在你的脖子上套上鎖鏈……」

「鎖鏈會被弄開的。」

「……把你從離岸十海里的地方扔下去。」

「我會游泳。」

「答得好，」羅蘋笑著大聲說道。「天啊，請你寬恕我，我剛才太生氣了。對不起……我們做個結論吧。你是否能接受我採取必要的防範措施來確保我和我朋友的安全？」

「什麼措施都可以，不過都沒用的。」

「好的，你別因爲這些措施怨恨我。」

「那是你的權利。」

「那就來吧。」

羅蘋打開門叫來了船長和兩個水手。他們抓住福爾摩斯，對他進行搜身之後捆住他的腿，將他綁在了船長的鋪位上。

「夠了！」羅蘋命令道。「事實上，先生，是你的固執和形勢的嚴峻逼使我這樣做的……」

水手走後，羅蘋對船長說：

「船長，找個人在這讓福爾摩斯先生使喚，您自己也盡可能多陪陪他。一定要尊重他。他不是囚犯，而是位客人。您的錶現在是幾點？」

「兩點零五分。」

羅蘋看了看自己的錶，又看了看艙壁上掛著的鐘。

「兩點零五分？……我們的時間剛好對得上，到南安普頓要多久？」

「九個小時，用正常速度的話。」

「您得花十一個小時。有一艘客輪會在半夜一點左右從南安普頓啓航，在早晨八點到達勒阿弗爾。您在這艘客輪啓航前不能靠岸。您明白了嗎，船長？我重複一遍，這位先生如果搭上那艘客輪回到法國，那我們所有人都會非常危險，所以您不能在半夜一點前到達南安普頓。」

「我明白了。」

「那我就跟你道再見了，偵探先生。明年見吧，在這世上或是另一個世界。」

「明天見。」

幾分鐘之後，福爾摩斯聽到了汽車遠去的聲音。很快，海燕號冒出了濃濃的蒸汽。船開動了。三點的時候，海燕號就開過塞納河河口，駛入了茫茫大海。這時福爾摩斯被縛著躺在鋪位上，熟睡了過去。

第二天早晨，兩位傑出的對手開戰的第十天也是最後一天，《法國迴聲報》上登出了這樣一條有意思的短文：

昨日，亞森・羅蘋對英國偵探夏洛克・福爾摩斯發出了驅逐令。驅逐令於正午時分送達，當日執行。直到凌晨一點，福爾摩斯才在英國南安普頓上岸。

註解：

①氣壓傳送信：以前在法國某些城市裡透過特定壓縮空氣管在郵局和郵局之間傳遞的一種信件。

②里：法國舊制的距離單位，一里約相當於現代的四公里。

chapter 6

二捕亞森・羅蘋

自上午八點開始，十二輛搬家的汽車就塞滿了克羅沃路位於布洛涅森林街和畢尤街之間的那一段。菲利克斯・大衛先生正搬離自己位於這條路上八號公寓的五樓，而另一位住在同棟公寓六樓的杜布賀伊先生也在搬家。這位杜布賀伊先生是個建築專家，他把八號建築的六樓與相鄰兩棟建築的六樓打通成了一間公寓。他的屋子收藏著不少傢俱，每天都有許多外國筆友慕名前來參觀，他此刻正忙著把這些傢俱運出去。不過這兩個住戶同一天搬家只是巧合罷了，他們彼此並不認識。

街上的人注意到一個細節：十二輛搬家車上都沒有寫搬家公司的名稱和地址，隨車的工人也都沒有在臨街的小店舖裡逗留。不過這個細節是後來才開始被人們談論的。工人們的活兒幹得相當好，十一點前所有的工作都結束了，空空的房間裡只剩下住戶在角落處留下的一堆廢紙和舊布。

菲利克斯・大衛先生是個氣度優雅的年輕人，穿著既講究又時尚，不過手裡總是提著一根擊棍，分量還不輕，從他發達的上臂二頭肌就能看得出來。他安靜地走到佩格萊斯路對面一條和布洛涅森林路交叉的小路上，在一張長椅上坐下。他旁邊是一位正在讀報的女士，穿著打扮普通，還有個小孩正用鏟子挖沙子玩。

過了片刻菲利克斯・大衛對那女子問道：

「葛尼瑪呢？」

「今早九點出去了。」

「去哪了？」

「警局。」

「一個人？」

「一個人。」

「昨晚沒有電報發來？」

「沒有。」

「他家裡的人還一直信任著妳吧？」

「是的。我給葛尼瑪太太幫點小忙，她會告訴我她丈夫都做了什麼……我們今天上午就一直在一起。」

「很好，在收到新的命令之前，妳繼續每天十一點鐘來這。」

菲利克斯·大衛頭都沒轉的問完這些話，站起身去了王妃門地鐵站附近的中國餐館用了一頓簡單的午餐——兩顆蛋外加蔬菜和水果。然後他又回到克羅沃路對門房說道：

「我再去上面看一眼，回頭就把鑰匙給您。」

他在原來的書房內檢查了一遍。屋子裡有一根鉸鏈彎頭的煤氣管沿著壁爐掛著，他握住管子的一端，除去上面的銅塞，接上了一個號角狀的小工具吹了一下。

回應他的是一聲微弱的哨聲。他用嘴含著管子輕聲問道：

「沒人吧，杜布賀伊？」

「沒人。」

「我可以上來了？」

「是的。」

他一邊把管子放回原位，一邊說道：

「我們到底要進步到什麼程度呢？當今這個世紀充滿了各式各樣的小發明，讓生活變得多彩多姿！……特別是當人們學會和我一樣從生活中取樂的時候。」

他壓了壁爐一塊大理石一下，大理石板就移開了，上面的鏡子滑進了暗槽中，露出了一個開口，建在壁爐裡面的樓梯臺階就在這兒了；整個裝置很乾淨，鑄鐵磨得光亮，裡面還貼著白瓷磚。

菲利克斯・大衛上了樓，六樓還是同樣出口，位於壁爐上面，杜布賀伊已經在那等著。

「你這兒都結束了？」

「結束了。」

「都清理乾淨了？」

「完全清理乾淨了。」

「其他人呢？」

「只留了三個站哨的。」

「那我們走吧。」

他們倆一前一後經由同樣的路線爬到了僕人住的那一層，也就是頂層閣樓。閣樓裡有三個人，其中一個看著窗外。

「有什麼新狀況嗎？」

「沒有，老大。」

「路上一片平靜？」

「是的。」

「還有十分鐘我就一去不返啦……你們也離開了。不過這期間一有可疑的動靜就馬上通知我。」

「我手指就一直放在警鈴上呢，老大。」

「杜布賀伊，你囑咐搬家公司的人不要碰警鈴的線了吧？」

「當然，警鈴沒問題的。」

「這樣我就放心了。」

兩位先生又下樓到菲利克斯・大衛的住處，菲利克斯恢復大理石的機關後，歡快地說道：

「杜布賀伊，我眞想看看那些人發現這些機關之後的表情，這些警鈴、電線網、傳聲管道網、暗道、可以滑動的托鏡板、密道……這眞是佈置得太出色了！」

「這可以替亞森・羅蘋做多好的宣傳啊！」

「我們不需要這種宣傳，眞遺憾要離開這樣的一個地方，一切都要重新開始，杜布賀伊……而且很明顯要採取一種新的模式，絕對不能重複，因爲福爾摩斯那個該死的傢伙！」

「那個福爾摩斯還沒回來嗎？」

「怎麼會回來？從南安普頓過來只有午夜那一班客輪。從勒阿弗爾過來也只有早晨八點那唯一一趟火車，要到十一點十一分才到。他要是趕不上午夜的那班客輪——他不可能坐上那班船，船長收到的指令相當明確。只有轉道紐黑文和迪耶普，這樣就得今晚才能到達法國。」

「他回來才好呢！」

「福爾摩斯不會放棄的，他會回來的，不過已經太晚了，我們早就走遠了。」

「戴斯唐日小姐呢？」

「我一個小時以後會與她會合。」

「去她家？」

「哦！不是，她要過個幾天才會回家，等風暴過去……那時我就不用再照顧她了。不過你，杜布賀伊，你得快點。我們那些行李裝船還得不少時間，你需要在岸上守著。」

「您確定我們沒有被監視？」

「被誰監視？我只怕福爾摩斯一個。」

於是杜布賀伊走了，菲利克斯・大衛最後又轉了一圈，撿了兩三封撕掉的信。他剛好看見有一支粉筆，就拿起來在餐廳的暗色牆紙上畫了一個很大的框，接著就像人們在紀念板上題字那樣寫上：「**二十世紀初，怪盜紳士亞森・羅蘋曾在此居住了五年。**」

這個小玩笑似乎讓他很有滿足感。他歡快地吹著小曲端詳了半天，嚷嚷道：

「既然我已經按照未來歷史學家的規矩做了，那就快走吧。福爾摩斯偵探，你得快點，我再三分鐘不到就會離開這兒了，你就徹底失敗了……現在還剩兩分鐘了！你眞是讓我等好久啊，偵探！……還剩一分鐘了！你不會來了？好吧，我正式宣佈你的失敗以及我最後的勝利。確定了這一點，我該離開啦。再見，亞森・羅蘋的王國！我再也不會見著它了！再見，我曾經佔據的六間公寓五十五間房！再見了，我樸素無華的小房間！」

一陣鈴聲打斷了他的詩興。那鈴聲急促、尖銳、刺耳，斷了兩次，再響了兩次，接著就沒聲音了。這是警鈴。

到底怎麼了？發生了什麼意外危險？難道是葛尼瑪？可是……

他馬上準備回到書房逃走，不過還是先去了窗邊探情況。路上一個人也沒有，敵人是不是已經進了屋子了？他似乎聽到了混亂的嘈雜聲。他沒再猶豫，直接跑去了書房。就在他跨過門檻的當口，他聽到有人試圖用鑰匙打開衣櫃門的聲音。

「見鬼，」他喃喃道，「是時候了，房子可能已經被包圍了……走暗梯已經不行了！幸好還有壁爐……」

他馬上去推大理石塊，但那地方卻文風不動，即便他加大力氣還是推不動。與此同時，他感覺到下面的門已經開了，並且聽到了腳步聲的回音。

「該死，」他咒罵道，「我完了，要是這該死的裝置……」

他的手指抽搐著壓住機關處，使上了全身的力氣，依然沒有動靜，依舊文風不動！因爲難以置信的糟糕運氣，因爲命運的可惡和可怕，那片刻之前還運轉正常的裝置竟然用不了了！

他愈發地使勁，渾身的肌肉都緊縮起來，那大理石塊卻依然沒有動靜。眞是倒楣！如此低級的一個障礙擋住了他的道，這能接受嗎？他敲打著大理石，憤怒地用拳頭敲打著，不停地擊打，不停地辱罵……

「喲，怎麼了，羅蘋先生？是不是什麼東西不能如您所願正常運轉了？」

羅蘋轉過頭，嚇得呆住了，夏洛克・福爾摩斯正站在他的面前！

福爾摩斯！羅蘋眨著眼睛瞧著他，彷彿被什麼可怖的景象折磨著。福爾摩斯竟在巴黎！這個福爾摩斯，他前晚剛把他像個危險的包裹一樣送上開往英國的船，此刻他卻以勝利者的姿態得意洋洋地站在自己面前！啊！要這樣違背亞森・羅蘋的意志，實現這樣一樁不可能的奇跡，肯定得顛覆所有的自然法則，一切不合邏輯和不正常的力量才能使他獲得勝利！福爾摩斯竟然站在他面前！

這下輪到這位英國人發話了。他的語氣中儘是諷刺，還有一種不屑的客套，這種客套是他的對手常常用來針對他的：

「羅蘋，我要告訴你，從此刻起，我再也不會去想你害我在奧特雷克男爵公館度過的那一晚了，也不會去想我的朋友華生的不幸遭遇，也不會去想我自己被汽車綁架的經歷，也不會去想我因爲你的命令被捆在一個並不舒適的鋪位上剛剛完成的旅行了。這一刻將這一切都抹去了。我不會再想那些了，因爲我得到了補償，完完全全的補償。」

羅蘋保持著沈默，福爾摩斯繼續說道：

「你難道不這麼認爲嗎？」

他似乎堅持要得到答案，彷彿是在要求羅蘋的認同，要求將那一段過去都結清。

羅蘋思考著，福爾摩斯覺得自己似乎被看穿了，連內心深處也被他審視了一番。過了片刻，羅蘋說道：

「福爾摩斯，我想你現在的行動一定有什麼目的吧？」

「極其重要的目的。」

「逃過我的船長和水手的禁錮我可以理解，那不過是我們對決過程中的一點小阻礙罷了，不值一提。但你此刻一個人站在我面前，一個人置身亞森・羅蘋對面，你是想對我徹底的復仇。」

「是想完全的復仇。」

「那這座房子？」

「已經被包圍了。」

「旁邊的兩棟呢？」

「也被包圍了。」

「樓上的公寓呢？」

「杜布賀伊先生在六樓的三間公寓也都被包圍了。」

「這樣一來……」

「這樣一來你就被困住了，羅蘋，難以掙脫的坐困愁城了。」

羅蘋此刻的感覺就和福爾摩斯被困在汽車上兜風時一樣，極其的憤怒，充滿了抗拒，不過他到底還是在強大的現實面前光明磊落地屈服了。兩人都是強者，他們同樣都會接受失敗，將它當成是一種應當順從的短痛。

「我們打平了，先生。」羅蘋明確說道。

福爾摩斯似乎對他的話感到很高興，兩人都不說話了。過了一會兒，羅蘋已經冷靜下來，微笑著又說道：

「我一點都不惱火！每次都是勝利者讓人覺得好乏味啊。往往我只要伸伸胳膊就能正中你的胸膛，而這次好了，是我被你命中了！」

他由衷地笑了起來。

「這次人們終於要好好樂一樂了！羅蘋落入圈套中了。他要怎麼出去呢？在這樣一個圈套裡頭！……這是多妙的經歷啊！……啊！福爾摩斯，這種感覺眞是不好受，不過生活就是如此！」

他用握緊的拳頭壓住自己的太陽穴，彷彿是爲了壓制住自己腦海中沸騰的興奮，他還做出了些興奮得過了頭的孩子般舉動。最後他走近福爾摩斯問道：

「你還在等什麼呢？」

「我在等什麼？」

「是啊，葛尼瑪和他的人已經在這了。他爲什麼還不進來？」

「是我請他別進來的。」

「他同意了？」

「我請他幫我，但條件是他必須得聽我的。再者他以為菲利克斯・大衛不過是羅蘋的一個同夥罷了！」

「那我換個方式來問吧，你為什麼一個人進來呢？」

「我想先和你談談。」

「啊！啊！你得先和我談談。」

這個主意似乎特別讓羅蘋覺得開心。在某些情形下，言語要勝過行動。

「福爾摩斯，很遺憾我這兒不能為你提供扶手椅了。這個壞了一半的破箱子還行吧？或者是坐在窗臺上？我確定來杯啤酒還是會受歡迎的……黑啤還是黃啤？……你請坐啊……」

「沒必要，我們直接談談吧。」

「我聽著呢。」

「我長話短說，我來法國的目的並不是為了捉住你。如果說我一直在追捕你，那是因為除此之外我沒有其他辦法達到我的真正目的。」

「你的真正目的是？」

「找回藍鑽石！」

「藍鑽石！」

「當然，因為在布雷肖領事的瓶子中發現的那一顆並不是真的。」

「的確如此，眞的那顆已經被金髮女子送走了，我讓人仿造了一顆一模一樣的。我還在打伯爵夫人其他珠寶的主意，而布雷肖領事已經受到懷疑了，所以金髮女子爲了避免自己受到懷疑就把假鑽石放進領事的行李中。」

「而你就把眞的那顆留下了。」

「當然。」

「我要拿到那顆鑽石。」

「很遺憾，這不可能。」

「我已經答應克羅宗伯爵夫人了，我會拿回來的。」

「它在我手上，你怎麼拿回去呢？」

「我會的，因爲它在你的手上。」

「這麼說我會把它還給你？」

「我向你買下。」

羅蘋一陣開心。

「你可眞的是英國來的外國佬，你把這當成一樁買賣了。」

「這是樁買賣。」

「那你要用什麼買？」

「用戴斯唐日小姐的自由。」

「她的自由？但我並不知道她已經被捕了啊。」

羅蘋再次放聲大笑。

「親愛的福爾摩斯，你要給我的東西並不在你手上。戴斯唐日小姐很安全，而且什麼都不怕，我要其他的東西作交易。」

福爾摩斯猶豫起來，顯然很尷尬，臉頰有些紅了，他突然把手放在對手的肩上：

「如果我給你……」

「我的自由？」

「不……不過我可以走出房間和葛尼瑪探長商量一下……」

「那就是給我一點時間思考囉？」

「是的。」

「呃！我的天啊，那有什麼用呢！這該死的機關還不是動不了。」羅蘋憤怒地用手指推了一下壁爐的機關說道。

突然他驚叫著低呼了一聲，這次，運氣竟然出人意料的回來了，大理石在他指下竟然稍微移動了！

得救了，這下就有了逃脫的可能。既然如此，爲什麼還要屈從福爾摩斯的條件呢？

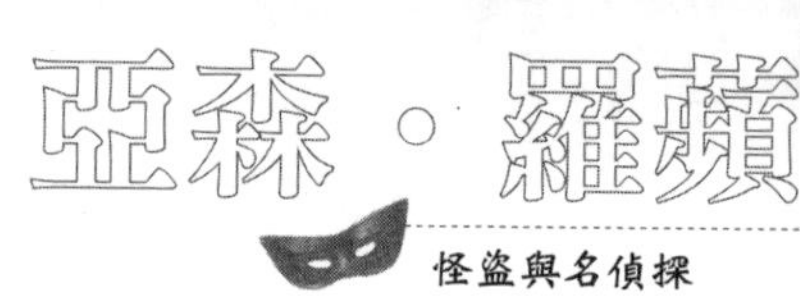

他左右來回的走著，彷彿在思考問題的答案，然後輪到他把手搭上了福爾摩斯的肩膀。

「福爾摩斯先生，經過全面考量，我還是想自己來解決這些小事。」

「可是……」

「不，我不需要任何人。」

「葛尼瑪抓住你的時候，一切可就都完了。他們不會放過你的。」

「誰知道呢！」

「你瞧，你這是瘋了。所有的出口都被堵住了。」

「還有一處。」

「哪一處？」

「就是我要選擇的那一處。」

「胡說！你被逮住已是斬釘截鐵的事實了。」

「並非如此。」

「那你要怎麼做？」

「我要留著藍鑽石。」

福爾摩斯掏出了錶。

「現在還差十分三點，三點鐘的時候我就叫葛尼瑪了。」

「我們有十分鐘的時間可以聊天。福爾摩斯，我們得好好利用這十分鐘。爲了滿足我強烈的好奇心，請你告訴我你是怎麼知道我的地址和我用的菲利克斯·大衛這個化名的。」

羅蘋的好心情讓福爾摩斯感到有些擔心，他一邊密切監視羅蘋的動向，一邊又很樂意爲他做出解釋，因爲這樣可以滿足一下他的自尊心。

「你的地址？我是從金髮女子那弄到的。」

「克羅蒂爾德！」

「正是她。您還記得……昨天早上……我想把她劫上汽車的時候，她給裁縫打了個電話。」

「的確如此。」

「我後來才明白那裁縫正是你。昨晚在船上，我憑著記憶還原你電話號碼的最後兩位數字……七三。順便說一句，我的記憶力也是我可以誇耀的資本之一。這樣，有你改造過的房子的名單在手，我今早十一點鐘一到巴黎就很容易在電話簿中找到了菲利克斯·大衛先生的姓名和地址。知道了這個名字和地址，我就去請葛尼瑪幫忙了。」

「太棒了！實在是厲害啊！我只能甘拜下風。不過我不明白的是，你竟趕上了勒阿弗爾開過來的火車，你是怎麼從海燕號上逃脫的呢？」

「我沒有逃脫。」

「可是……」

「你給船長下了命令，得等到淩晨一點再到達南安普頓，但他們午夜的時候就讓我下了船，所以我就可以趕上去勒阿弗爾的客輪了。」

「船長背叛了我？這讓人無法接受。」

「他沒有背叛你。」

「那麼？」

「是他的錶背叛你。」

「他的錶？」

「是的，我把他的錶調快了一個小時。」

「你是怎麼做到的？」

「就像我們一般的調錶一樣啊，轉轉發條就行了。我們當時挨著坐在一起聊天，我給他講了一些他感興趣的故事……而他什麼都沒發現。」

「太棒了，太棒了，你這一手可眞是漂亮，我記下來了，可是還有船艙壁板上的掛鐘呢？」

「啊！掛鐘，這個要難些，因爲我的腿被捆住了。不過那個船長不在時看著我的水手很樂意動一動它的指針。」

「他？不會吧！他同意了？……」

「哦！他不知道自己這一行爲的重要性！我對他說我得不惜一切代價趕上第一班去倫敦的火

車，而他……他就被我說服了……」

「靠著……」

「靠著一件小小的禮物……那人可十分忠誠地想要把它交給你呢。」

「什麼禮物？」

「算不上什麼的禮物。」

「到底是什麼？」

「藍鑽石。」

「藍鑽石！」

「是的，假的那顆，就是您用來替換伯爵夫人那顆的，伯爵夫人把它交給了我……」

羅蘋突然間大笑起來，笑得前俯後仰，連眼淚都出來了。

「天啊，這太好笑了！我的假鑽石竟然到了水手的手上！還有船長的錶！還有掛鐘的指針！……」

福爾摩斯從來沒覺得羅蘋和自己之間的戰鬥如此激烈過。他憑著一種天才的直覺猜到了羅蘋這過份的快樂背後的思想高度集中，這種集中就像是調動了所有的機能和才智。

羅蘋一步步地靠近他，福爾摩斯往後退去，漫不經心地將手指插入了背心的小口袋中。

「已經三點了，羅蘋。」

「已經三點了？太可惜了！……我們方才聊得多開心啊！……」

「我等著你的回答。」

「我的回答？天啊！你太苛求了！我們玩的這局就快要結束了，而我下的賭注是我的自由！」

「我賭的則是藍鑽石。」

「好吧……你先出吧，你出哪步？」

「我出王牌。」福爾摩斯說道，拿起手槍射出一發子彈。

「那我出拳頭。」羅蘋反擊道，將拳頭揮向福爾摩斯。

福爾摩斯那一發子彈是射向空中的，爲的是召葛尼瑪過來，他覺得後者的介入已經迫在眉睫了。可羅蘋那一拳正中福爾摩斯腹部，他臉色發白踉蹌了一下。羅蘋一躍跳上了壁爐，大理石板已經開始晃動了……太晚了！大門開了。

「投降吧，羅蘋，否則……」

葛尼瑪的距離比羅蘋想的要近，此刻他已經到了，另外還有大約十到二十來個結實的壯漢，推推擠擠地守在一邊。羅蘋要是稍有抵抗的跡象，他們就會像對待一條狗一般把他給宰了。

羅蘋平靜地做了一個手勢。

「住手！我投降！」

他將雙手交叉置於胸前。

滿室的人嚇呆了。在這間騰空了傢俱和帷幔的房裡，羅蘋的話如回聲般飄蕩。「我投降！」讓人難以置信的話語！他們預計的是羅蘋會突然間消失在一處活板門內，或是一堵牆在他面前倒塌使得他又一次從入侵者的眼皮下逃脫。而他竟然投降了！

葛尼瑪激動而莊重地走上前來，緩緩地向自己的對手伸出手去，無比快樂地宣佈道：

「我逮捕你了，羅蘋。」

「哎喲，」羅蘋哆嗦著說道，「我的好葛尼瑪，你給我的印象太深刻了。你這臉色多悲傷啊！好像是在朋友的墓前講話。算了吧，別擺出一副葬禮上的神氣。」

「我逮到你了。」

「這讓你很驚訝嗎？作爲法律忠誠的執行者，葛尼瑪探長逮捕了邪惡的羅蘋。這是歷史性的時刻，你明白它的重要性……這也是第二次發生類似的事情了。太好了，葛尼瑪，你要高升了！」

羅蘋對著鋼製手銬伸出了手腕……

這一過程不失莊嚴，員警們儘管平日裡都很粗暴，對羅蘋恨之入骨，但也驚訝於自己竟然可以觸碰到這個行蹤不定的傢伙，動作間也帶上幾份謹慎。

「可憐的羅蘋，」葛尼瑪嘆息道，「你那些貴族區的朋友倘若看到你受到這般侮辱，他們會說些什麼呢？」

羅蘋靠著手腕肌肉持續使力，前額已是青筋直冒。鎖鏈的鋼環嵌入了他的肌膚。

「來吧。」他叫道。

鎖鏈斷了。

「換一個吧，警官，這個可不行。」

他們給他套上了兩個，羅蘋贊同地說道：

「好極了！小心防範總不為過。」

然後他數了數員警的人數：

「朋友們，你們一共幾個人啊？二十五個？三十個？很多了……沒什麼要做的了。啊！要是你們只有十五個人就好了！」

羅蘋的確很有氣派，是那種大表演家憑著直覺和激情、不馴和輕巧表演出來的氣派。福爾摩斯看著他，彷彿是在看一場出色的演出，懂得欣賞其中的優美和細微之處。他有一種很奇怪的印象，覺得這背後有著整套司法體制支撐的三十個人和這個赤手空拳被銬住的人之間進行的是一場平等的戰鬥，雙方勢均力敵。

「好吧，大偵探，」羅蘋對他說道，「這就是你的傑作，拜你所賜，羅蘋會在囚室的濕稻草中腐爛。你得承認你此刻心裡並非絕對的寧靜，內疚折磨著你不是嗎？」

福爾摩斯不由自主地聳了聳肩膀，彷彿在說：「一切都在於你……」

「絕不！絕不！」羅蘋叫道，「……把藍鑽石給你？啊！不，它花了我太大的力氣。我要留著它，等我有幸初次去倫敦拜訪您的時候，或許就是下個月吧，我會告訴你原因的……不過你下個月會在倫敦嗎？還是會去維也納？或者是聖彼德堡？」

就在說話間他驚跳了起來。天花板上突然傳來鈴聲，不過不是警鈴，而是電話鈴。電話線穿過兩扇窗戶間通到書房，電話還沒有拆掉。

電話！啊！誰那麼偶然地剛好打電話來，與自己一起落入福爾摩斯的陷阱裡呢？羅蘋剛要憤怒地衝向電話機採取行動，彷彿想把它砸碎，堵住那個要和他通話的神秘聲音，可是葛尼瑪搶先一步摘下了聽筒接了起來。

「喂……喂……64873……是的，是這兒。」

福爾摩斯迅速地擋住了葛尼瑪，抓起兩個聽筒，用手帕堵住電話使自己的聲音聽起來不那麼清楚。

這時他才抬眼看向羅蘋，他們彼此交換的目光證明了他們剛才冒出的是相同念頭，而且兩人都猜到了後果。這個念頭成立的可能性相當大，甚至幾乎是肯定的：打電話來的是金髮女子。她以為自己打給的是菲利克斯・大衛，或者更準確的說是馬克沁・貝爾蒙，但其實她是向福爾摩斯坦白了！

福爾摩斯叫道：

「喂……喂！……」

一陣沈默，福爾摩斯說道：

「是，是我，馬克沁。」

戲劇化的一幕馬上就發生了。一向難以制服並以嘲弄別人爲樂的羅蘋甚至已顧不得要隱藏自己的焦慮。他面色蒼白，試圖去聽電話裡說了些什麼，做著猜測。福爾摩斯還在繼續回答那個神秘的聲音：

「喂……喂……是的，都結束了，我正準備按說好的去跟您會合呢……哪裡？……去妳那？妳不覺得那邊有點……」

福爾摩斯猶豫了，選擇著自己的用詞，然後他停住了。顯然他試圖從那個年輕女子嘴裡套出話來，可又不能逼得太緊，他完全不知道女子到底在哪兒。還有葛尼瑪在場似乎也讓他覺得不自在……啊！要是奇跡出現能切斷這根通話的線就好了！羅蘋神經緊繃，用盡全身力氣喊叫著！

福爾摩斯說道：

「喂！……喂！……妳聽不見嗎？……我也聽不見……訊號太差……我勉強聽見……妳在聽嗎？……好吧，這樣……我想想……妳最好還是回家吧……什麼危險？不會的……他已經在英國了！我收到了南安普頓發過來的電報，證實他已經抵達。」

這些話太諷刺了！福爾摩斯卻很輕易的一字一句說了出來，他又接著補充道：

「這樣，別浪費時間了，親愛的朋友，我一會兒去找妳。」

他掛了聽筒。

「葛尼瑪先生，我跟您要三個人。」

「是爲了金髮女子吧，是不是？」

「是的。」

「您知道是誰，知道她在哪？」

「是的。」

「好傢伙！漂亮的捉捕，加上羅蘋……這一切就圓滿了。佛朗方，帶兩個人陪福爾摩斯先生過去。」

英國人要離開了，後面還跟了三個員警。

完了，金髮女子也會落入福爾摩斯的掌控之中。正是由於他的執著和時機湊巧，這場戰鬥以他的勝利告終，羅蘋卻是一敗塗地。

「福爾摩斯！」

英國人停下了腳步。

「什麼事，羅蘋？」

羅蘋似乎被這最後一擊深深地撼動了，他眉頭緊皺，整個人顯得疲倦而晦暗。不過他還是振作了一下，輕鬆地叫道：

「你也會同意說我這是時運不濟。方才這個壁爐沒能讓我跑掉，我落入了你手中。接著又是一個電話把金髮女子給你送上門來，我在命運的擺弄面前低頭了。」

「所以？」

「所以我準備重新談判。」

福爾摩斯將葛尼瑪探長拉到一邊，用不容反駁的口吻請他允許自己和羅蘋說上幾句話。隨後他又來到羅蘋這邊。這是最關鍵的會談了！他用乾脆有力的聲音問道：

「你要什麼？」

「戴斯唐日小姐的自由。」

「你知道代價嗎？」

「知道。」

「你能接受嗎？」

「我接受你所有條件。」

「啊！」英國人驚訝地說道，「……可是……你剛剛已經拒絕過了……即便用你的自由交換也拒絕……」

「那是涉及我的時候，福爾摩斯先生。現在涉及的卻是一名女子……一名我愛的女子。你也瞧見了，在法國，人們對這種事情的想法比較特別。並不因爲我是羅蘋就會與別人不一樣……」

他平靜地說出了這些話。福爾摩斯幾乎不可察覺地點了一下頭，低聲說道：

「那藍鑽石呢？」

「去拿我的手杖，就在壁爐的角落裡。你一手抓住杜頭，另一隻手旋開棍子另一端的鐵環。」

福爾摩斯拿來了手杖，轉動鐵環。他一邊轉著，一邊就發現杜頭鬆開了。杜頭裡面有一個乳香球，球裡面是一顆鑽石。

他仔細檢查一番，這的確是藍鑽石。

「戴斯唐日小姐自由了，羅蘋。」

「現在和以後都自由了？她不用再害怕你了？」

「也不用害怕任何人。」

「不論發生什麼？」

「不論發生什麼。我再也不知道她的名字和住址。」

「謝謝。再見了。福爾摩斯，我們還會再見面的，不是嗎？」

「我毫不懷疑。」

英國人和葛尼瑪之間有了一番激烈的解釋，最後福爾摩斯粗暴地打斷談話：

「葛尼瑪先生，我很遺憾無法同意您的觀點。但我沒時間說服您了，我一個小時之後就要回英國了。」

「但是……金髮女子呢？」

「我不認識這個人。」

「剛剛您還……」

「是捉是放隨您……我已經把羅蘋交給您了。這是藍鑽石……您會很樂意親自把她交給克羅宗夫人，我覺得您沒什麼可抱怨的。」

「但金髮女子呢？」

「您自己去找出她吧。」

福爾摩斯把帽子往頭上一套，急匆匆地走了，就像那種事情一辦完就不再逗留的先生。

「一路順風，偵探先生，」羅蘋叫道。「請你相信我永遠不會忘記我們之間真摯的情誼的，替我向華生先生問好。」

羅蘋沒有得到答覆，嘲笑著說道：

「這就是英國式的不辭而別。啊！這位尊貴的島民一點都不客氣，而我們則以禮貌謙恭著名。葛尼瑪，你想想一個法國人在這樣的情形下會怎麼走出門！他會用怎樣講究的彬彬有禮來掩蓋自己的勝利！而……上帝請原諒我，葛尼瑪你在做什麼？搜查這房間，很好。但是我可憐的朋友，這兒已經什麼都沒有了，一張紙都不剩了。我的文件都已經轉移到更安全的地方。」

「誰曉得呢！誰曉得呢！」

羅蘋由著他了，他被兩名員警架著，其他人都圍在他周圍，他耐心地看著所有行動。二十分鐘後，他嘆息著道：

「快點，葛尼瑪，你還沒結束呀？」

「你很急嗎？」

「我很急！有個緊急約會！」

「在拘留所裡吧。」

「不，在城裡。」

「唔！幾點呢？」

「兩點。」

「現在已經三點了。」

「是啊，我遲到了，而且我最討厭遲到了。」

「你能再給我五分鐘的時間嗎？」

「五分鐘，一分鐘都不能多了。」

「你人眞好……我盡快……」

「別說這麼多……還在找這個壁櫥嗎？……但它已經空了！」

「這裡還有幾封信。」

「只是過期的發票而已！」

「不，是個有特別價值的包裹。」

「是粉紅色的價值嗎？哦！葛尼瑪，看在上帝的份上，別拆開！」

「這是個女人的東西！」

「是的。」

「是個上流社會的女人？」

「最上流的。」

「她叫什麼？」

「葛尼瑪太太。」

「太好笑了！太好笑了！」探長勉強地叫道。

正在這時，被打發到其他房間的人回來了，宣佈搜查沒有獲得任何結果。羅蘋開始笑起來。

「那是自然！你是不是原本希望能發現我同伴的名單或是我和德國皇帝有關係的證據？葛尼瑪，你應該找的是這間公寓的小秘密，比如這煤氣管其實是一條傳音管，比如壁爐裡面有個樓梯，再比如這堵牆是空心的，還有錯綜複雜的各種鈴！你瞧，葛尼瑪，你按下這個按鈕……」

葛尼瑪順從地做了。

「你什麼都沒聽見嗎？」羅蘋問道。

「沒有。」

「我也沒有。可是你剛剛那個動作已經通知我的熱氣球駕駛準備好可操縱的熱氣球，這個熱氣球很快就會把我們都帶上天空。」

「算了吧，」葛尼瑪完成了他的偵查說道，「別再胡言亂語了，我們走吧！」

他走了幾步，其他人跟在後面。

羅蘋一步也沒有動。看守他的人推了推他，只是徒勞而已。

「好呀，」葛尼瑪說道，「你不肯走？」

「不是的。」

「那你要幹嘛……」

「這要看情況。」

「看什麼情況？」

「看你把我帶去哪啊。」

「當然是拘留所了。」

「那我就不走了，我在拘留所裡沒事可做。」

「你瘋了吧？」

「我不是告訴你我另外有約了嗎？」

「羅蘋！」

「怎麼，葛尼瑪，金髮女子還等著我去呢，你覺得我會那麼不禮貌地害她擔心嗎？一個文雅的人可做不出這樣的事。」

「聽著羅蘋，」探長已經被這樣的揶揄激怒了，說道，「我到目前爲止對你太客氣了，不過我的客氣是有限度的，跟我走。」

「不可能，我有約會，我要去赴約。」

「最後一次機會！」

「我不去。」

葛尼瑪打了個手勢。兩個人架起了羅蘋的胳膊，但他們立刻就發出了痛苦的呻吟聲，鬆開了他：羅蘋往他們身上插進了兩根長長的針。

其他人都火了，衝上前來。他們的仇恨被引爆了，只想著要爲同伴和自己所受的侮辱復仇，搶著揍羅蘋。羅蘋的太陽穴猛地挨了一拳，他倒下了。

「你們要是把他打死了，」葛尼瑪憤怒地斥責道，「我絕對不放過你們。」

他彎下腰想要照看一下羅蘋，不過發現他還能自由的呼吸，於是就命令手下人抬起他的腳和頭，自己則托著他的腰部。

「慢慢走！……別搖晃……啊！這些野蠻的傢伙差點殺了他。哎！羅蘋，還好吧？」

羅蘋睜開了眼睛，含糊不清地說道：

「不太好，葛尼瑪……你就由著我被人打啊。」

「這是你的錯，該死……你那麼固執！」葛尼瑪抱歉地回答道，「……很疼嗎？」

一行人來到了樓梯間，羅蘋呻吟著說道：

「葛尼瑪……我要搭電梯……走樓梯他們會把我的骨頭摔斷的……」

「好主意，很好的主意，」葛尼瑪贊同地說道。「電梯很窄……你也沒法逃……」

他按了電梯上來，羅蘋被小心的放在了座位上，葛尼瑪就守在他旁邊，對其他人說道：

「你們走樓梯和我們同時下去，在門房的屋子前面等我，就這麼說定了？」

他關上電梯門，可門還沒關上就聽到了叫嚷聲。那電梯一躍而上，像是斷了線的氣球。一陣挖苦的笑聲響起。

「該死。」葛尼瑪叫道，在黑暗中瘋狂地尋找往下的按鈕。

他沒有找到，叫道：

「六樓！守著六樓的門。」

那些員警飛快地爬上樓梯，可是發生了一件奇怪的事情：電梯似乎穿過了頂樓的天花板，在員警眼前消失了，突然又出現在更高的樓層，就是傭人那一層，停住了。守在那兒的三個人打開了門。他們之中有兩個制服了葛尼瑪，而侷促不安的葛尼瑪在震驚之中根本沒想到要自衛。第三個人把羅蘋接了出來。

「我已經預先告訴過你了，葛尼瑪……熱氣球綁架……這也多虧了你！下次別再這麼有同情心了，特別是你得記住，亞森・羅蘋沒有正經原因是不會任由別人打的，再見了……」

電梯重又關上門，帶著葛尼瑪下去了。這一切發生得如此之快，老探長在門房的屋子附近竟然趕上了之前下去的員警。

他們一句話沒說，急急忙忙穿過院子爬上暗梯。暗梯是唯一通往傭人那一層的路，羅蘋就是在那脫逃的。

長長的走道拐了好幾個彎，走道邊上還有編著號的小房間。盡頭是一扇門，很容易就推開了。門的那邊，另外一棟房子裡又是一條走道，還是彎彎繞繞，旁邊也有相似的房間。盡頭是一處暗梯。葛尼瑪下了樓梯，穿過院子和前廳衝到了街道上。這裡是畢高路。這下他明白了：兩棟房子是相鄰的，正面分別對著兩條街，它們並非垂直分佈，而是平行的，相隔有六十公尺遠。

他進了門房的屋子出示了證件：

「剛剛有四個人經過？」

「是的，兩個五樓和六樓的傭人，還有兩個朋友。」

「五樓和六樓住的是誰？」

「弗維爾家的先生和他們的普羅沃表兄……他們今天已經搬走了，只留下了兩個傭人……剛剛也走了。」

「啊！」葛尼瑪癱倒在門房的長椅上，想道，「我們錯過了多好的一次機會啊！羅蘋一夥人都住在這幾棟房子裡。」

四十分鐘以後，兩位先生乘坐汽車來到了火車北站，急急忙忙向著去加萊的快車奔去，後面還跟著個替他們提行李的人。

他們中有一人手臂上綁著吊帶，面色蒼白，看起來身體不太好。另一個人則顯出很高興的樣子。

「快點，華生，可不能誤了火車……啊！華生，我永遠也忘不了這十天。」

「我也忘不了。」

「啊！多精彩的戰鬥啊！」

「太精彩了。」

「只是時不時的有點小麻煩……」

「小小的麻煩。」

「最終還是全線勝利，羅蘋被逮住了！藍鑽石也追回來了！」

「但我的胳膊斷了！」

「這樣令人滿意的成果，斷隻胳膊算什麼！」

「特別是那隻胳膊還是我的。」

「是啊！華生，你還記得吧，正是你在藥房中像個英雄般受苦的那刻，我發現了那根在黑暗中指引我的線。」

「多好的運氣啊！」

車門開始關上了。

「請上車吧，我們快點，先生們。」

提行李的人爬上一節空著的車廂，將箱子放在行李架上，福爾摩斯把不幸的華生也推上了車。

「你怎麼了，華生。你怎麼還沒完沒了啊！……打起精神，老朋友……」

「我缺的不是精神。」

「那是什麼？」

「我只有一隻手可以用。」

「然後呢！」福爾摩斯快活地嚷嚷道，「……這值得你那麼在意嗎，讓人以為這世上只有您那樣呢！想想獨臂的人？那些眞正獨臂的人呢？不要在意了，還好吧？這沒什麼好哀怨的。」

他遞給了那提行李的人一張五十分的鈔票。

「謝謝你，我的朋友。這是給你的。」

「謝謝，福爾摩斯。」

福爾摩斯抬頭一看：亞森・羅蘋。

「你！……你！」福爾摩斯嚇呆了，結結巴巴地說道。

華生也結巴了，揮舞著自己僅能用的那隻手，像陳述事實的人那樣連比帶劃：

「你！你！你被捕了呀！福爾摩斯告訴我的。他離開的時候，葛尼瑪和另外三十個員警圍著你呢……」

羅蘋雙臂交叉，憤怒地說道：

「這麼說您認爲我會不跟你告別就讓你走了？而且還是在我們之間經歷了這樣的友誼之後！你這就大錯特錯，把我當成什麼人了！」

火車發出了鳴笛聲。

「最後我還是原諒你了……你要用的東西都帶了吧？菸草、火柴……對了……還有晚報？你會在晚報上讀到我被捕的細節，這可是你最後的功績，偵探先生。現在，就要跟你們說再見了，很高興認識你們……眞的非常高興！……你們如果以後有需要我的地方，我很樂意……」

他跳下站臺關上了車門。

「再見，」羅蘋揮舞著手帕說道，「再見……我會給你們寫信的……你們也會寫給我的，不是嗎？華生先生，你斷了的那隻胳膊還好吧？我等你倆的消息……時不時給我寄張明信片……地址請寫：巴黎，羅蘋……這就夠了……不用貼郵票……再見……下次見啦……」

chapter 7

福爾摩斯和華生

福爾摩斯和華生兩人一左一右坐在壁爐旁邊，把腳放向溫暖的炭火旁。

福爾摩斯那帶銀環的歐石南根短菸斗已經熄了。他倒出裡面的灰，重新塡上菸草點燃，拉了一下睡袍的下擺裹了裹膝蓋，開始巧妙地呑雲吐霧，讓菸斗中吐出的一個個煙圈朝天花板飛去。

華生看著他，那神情彷彿是條蜷成一團的狗躺在自家的地毯上看著自己的主人，眼睛瞪得圓圓的，眼皮眨也不眨，希望裡頭能映出主人的動作，那才是它一直期待的。主人會打破沈默嗎？他會向自己透露他此刻夢遊的秘密嗎？華生覺得他思索的王國大門是對自己緊閉的，他能接受自己嗎？

福爾摩斯依然默不作聲。華生試探著說道：

「這段時間眞安靜，我們都沒什麼事情可做。」

福爾摩斯更加沈默了，他的煙圈卻吐得愈發的完美。其實除了華生，任憑誰都能看得出福爾摩斯是在大腦完全空白的狀態下享受著自尊心的勝利帶來的巨大滿足感。

華生失望地站起身走到窗邊。

黑壓壓的天空瀉著狂風暴雨。路上一片晦暗，道路兩邊屋子的牆壁也顯得陰沉沉的。一輛車過去了，又是一輛。華生在記事本上寫下它們的編號。誰知道呢？這可能也會有什麼作用。

「瞧，」他叫道，「郵差。」

傭人領著那人進來了。

「兩封掛號信，先生……您可以簽收一下嗎？」

福爾摩斯在記錄本上簽了字，把那人送到門口，轉回身來拆開其中的一封。

「你看上去很高興。」華生過了一會兒說道。

「這封信裡提了一個有意思的建議。你不是想要事情做嗎？這就是了。你看看吧……」

華生拿起信讀到：

先生：

您具備豐富的破案經驗，因而我請求您的幫助。我是一樁竊盜案的受害者，而且直到目前爲止此案的調查一點頭緒都沒有。

我隨信寄給您一些報紙，您可以從中瞭解一下案情的始末。如果您同意調查此案的話，我可以提供我的公館作爲您的住所，並且請您在信中附上的支票上寫下您想要的酬勞，支票我已經簽好名。

請發電報給我，告知您的答覆，並向先生您致上我最崇高的敬意。

維克多・旦布瓦爾男爵
繆瑞洛路十八號

「嘿！嘿！」福爾摩斯說道，「這可是個好兆頭……去巴黎走一趟，爲什麼不呢？自從我和羅蘋那場出名的決鬥之後，我還沒有機會再去呢。我很樂意在安靜些的環境下看看世界之都。」

他把支票撕成碎片。華生的胳膊還沒恢復從前的靈活，嘮嘮叨叨說著巴黎的壞話，與此同時福爾摩斯已經打開了第二封信。

這下他馬上發火了，皺著眉讀完那封信，然後將它揉成一團扔在地板上。

「怎麼了？發生什麼事？」華生驚愕地問道。

他把那團紙撿起來展開，愈讀愈覺得震驚：

我親愛的偵探先生：

你知道我對你的敬佩之情和我對你顯赫聲名的興趣。請你相信我，別管那件別人請你幫忙的事。你的介入會造成很多麻煩的，你的一切努力只會產生不幸的結果，而且你會不得不公開承認你的失敗。

考慮過我們之間的友誼之後，我很想讓你免遭此侮辱，因此我懇請你安安靜靜待在你的火爐旁。

請代我向華生先生問好，並向偵探先生你送上我充滿敬意的問候。

你忠誠的 亞森・羅蘋

「亞森・羅蘋！」華生糊塗了，重複念道……

福爾摩斯開始用拳頭敲著桌子。

「啊！這畜生又開始來打擾我了！他嘲笑我就像嘲笑三歲的小孩兒！公開承認我的失敗！我不是曾迫使他交出藍鑽石了嗎？」

「他害怕了。」華生奉承地說道。

「你說的都是蠢話！亞森・羅蘋從來都不會害怕，他是來挑釁的，這就是證據。」

「但他是怎麼知道旦布瓦爾男爵寄給我們的信的呢？」

「我怎麼知道？華生，你盡問些愚蠢的問題！」

「我想……我還以為……」

「什麼？以爲我是巫師啊？」

「不是的，不過我已經看你創造過那麼多的奇跡！」

「沒人能創造奇跡……我也不能。我思考、推理、總結，但不會瞎猜。只有笨蛋才瞎猜一通呢。」

華生擺出一副挨打的狗一般的謙虛神態，他爲了不要成爲一個笨蛋，努力不去猜測福爾摩斯爲什麼憤怒地在房間裡踱來踱去。可當福爾摩斯按鈴叫來傭人讓他收拾箱子的時候，華生覺得自己可以進行思考、推理並總結出主人要出門了，因爲事實已經擺在這兒了。

同樣的這一套思維過程讓他這個不怕犯錯的人確認道：

「福爾摩斯，你要去巴黎嗎？」

「可能吧。」

「你去巴黎主要是爲了回應羅蘋的挑釁，其次才是幫旦布瓦爾男爵。」

「可能吧。」

「福爾摩斯，我跟你一起去。」

「啊！啊！老夥伴，」福爾摩斯停下踱步叫道，「你就不怕你的左胳膊也遭受你右邊那隻同樣的命運嗎？」

「我會出什麼事呢？有你在呢。」

「很好，你是條漢子！我們就讓這位先生看看，他如此放肆地挑戰我們絕對有錯。快點，華生，搭頭班火車就走。」

「不等男爵給你寄來的報紙了？」

「那有什麼必要！」

「我去發封電報？」

「不必，羅蘋會知道我到了。我才不要呢。華生，這次我們得速戰速決。」

當天下午這兩位朋友就在多佛爾上了船，順順利利地穿過了勒芒什海峽。在加萊開往巴黎的快車上，福爾摩斯好好的睡了三個鐘頭，這期間華生就在車廂隔間的門口警戒，一邊還睡眼朦朧地思考著。

福爾摩斯醒來時心情大好，精力充沛。他想到將和羅蘋進行一場新的決鬥就覺得很高興，已經摩拳擦掌躍躍欲試，神態間也盡顯滿足之意，彷彿是準備要好好樂上一番。

「我們終於要熱熱身了！」華生嚷嚷道。

他也搓了搓手，臉上同樣是滿足的神情。

火車到站後，福爾摩斯拿著毯子，華生跟在他後面提著行李——每個人都有自己的任務，他出示了兩人的車票，輕鬆地出了站。

「多好的天氣啊，華生……有陽光！……巴黎簡直像過節一樣，歡迎我們光臨哪！」

「好多人啊！」

「那再好不過了，華生！這樣我們就不會有被注意的危險，這樣的人群裡沒人能認得出我們！」

「是福爾摩斯先生吧？」

福爾摩斯有些發愣地停下了腳步，誰能就這樣認出他啊？

他旁邊站了名女子，是個年輕的姑娘，極其簡樸的穿戴更襯出她的風姿綽約，她美麗的臉龐上現出焦慮和痛苦的神色。

她又問了一次：

「您是福爾摩斯先生吧？」

福爾摩斯並沒有作答，一方面是因為慌亂，一方面是出於一貫的謹慎。她又問了第三遍：

「我是否有幸正和福爾摩斯先生講話？」

「您想要我怎麼樣？」他粗暴地問道，因為他覺得這樣的相遇是很可疑的。

那女子站到他面前。

「先生，請您聽我說。這是非常嚴肅的事情，我知道您要去繆瑞洛路。」

「您在說什麼？」

「我知道……我知道……繆瑞洛路……十八號。嗯，您不應該……不，您不應該去那兒……我向您保證您會後悔的。我對您說的這些，您可別以爲這是爲了我自己的利益。這些是出於清醒之下理智的考慮。」

福爾摩斯想要擺脫她，她卻堅持道：

「哦！我求求您，就別固執了……啊！我要是能說服您就好了！您看看我的內心深處，看看我的眼底……心和眼睛都是眞誠的……它們說的都是實話。」

她瘋狂地將自己那雙美麗的眼睛迎向他。那嚴肅而又清澈的眼神彷彿能映出她的靈魂來。華生點了點頭：

「這位小姐看起來是很眞誠。」

「可不是嗎，」她懇求道，「你們應該相信我……」

「我相信您，小姐。」華生回答說。

「哦！我太高興了！您的朋友也相信的，不是嗎？我感覺到了……我確信！多幸福啊！一切都解決了！……啊！我這主意多好啊！……瞧，先生，二十分鐘之後就有一趟開往加萊的火車……你們可以乘這趟車……快點，跟我來吧……走這邊，你們來得及……」

那名女子試圖帶走福爾摩斯，而福爾摩斯卻一把抓住她的胳膊，用盡可能溫和的語氣對她說：

「小姐，對不起，我們無法如您所願，我做事從來不會半途而廢。」

「我求您……求求您……啊！您要是能瞭解就好了！」

福爾摩斯繞過她快步走開了。

華生對年輕的姑娘說道：

「您就好好期待吧……他會查到底的……他還沒半途而廢過……」

說完這些，華生小跑著趕上了福爾摩斯。

「夏洛克・福爾摩斯——亞森・羅蘋」

他們剛沒走出幾步，這幾個黑色的大寫字體就映入了眼簾。他們走近前去；一長列身體前後都掛著廣告牌的人在路上走著，每個人手裡都拿著沉甸甸的鐵棍，有節奏地敲擊著人行道，他們背上的大幅招牌上寫著：

夏洛克・福爾摩斯對決亞森・羅蘋，英國冠軍抵達，大偵探進軍繆瑞洛路謎案。細節請閱《法國迴聲報》。

華生點了點頭：

「喂，福爾摩斯，我們原本還以為能神不知鬼不覺呢！這樣看來就算法國警衛隊已經在繆瑞洛路設下招待宴，備好吐司和香檳等著我們，我都不會驚訝了。」

「華生，你要是能將耍嘴皮子的能力用在腦袋上，肯定能抵兩個人用。」福爾摩斯咬牙說道。他衝著其中一個人走上前去，那樣子顯然是想捉住他，將他和他的牌子一起捏成碎末。可是人群都湧向了這些招牌，人們開著玩笑，個個都笑嘻嘻的。

福爾摩斯壓下怒火對那人說道：

「你是什麼時候被聘來的？」

「今天早上。」

「你是什麼時候開始在街上走的？」

「一個小時之前。」

「那招牌是事先準備好的嗎？」

「啊！當然嘍……我們今天早上去公司的時候，招牌就都在那了。」

這樣也就是說亞森・羅蘋已經預計到福爾摩斯會接受這場戰鬥。而且，羅蘋寫的信表明他是渴望這場戰鬥的，再次與自己的對手較量一番是在他計畫之中的。為什麼呢？什麼樣的動機促使他重新開始一場戰鬥呢？

福爾摩斯猶豫了一秒鐘，羅蘋一定是確信自己必勝無疑才會表現得如此傲慢，他要是被這麼一撩撥就衝過去，不是正好落入羅蘋的陷阱嗎？

「走吧，華生！司機先生，去繆瑞洛街十八號。」他重振精神叫道。

就這樣，福爾摩斯彷彿要投身一場拳擊賽似的，血脈賁張，雙拳緊握，跳上了一輛馬車。

繆瑞洛路兩邊都是豪華的私家公館，公館的後牆對著蒙梭公園。這些宅子中最漂亮的一棟就是十八號了，且布瓦爾男爵和他的妻子兒女就住在這裡。公館佈置得很豪華，處處透著貴氣，卻又不失藝術家的品味。公館前面是一個院子，左右兩邊是廚房馬廄之類的附屬建築，後面還有個花園，花園裡的繁枝茂葉和蒙梭公園裡的樹木枝葉都交錯在一起。

兩個英國人按了鈴之後就進了院子，一名傭人將他們帶到公館一側的小客廳。

他倆落座之後快速地掃了一眼這間小客廳裡遍佈的值錢物品。

「都是些相當漂亮的東西，」華生喃喃道，「很有品味，也很別緻……可以推斷有閒情搜羅這些東西的人一定有些年紀了……可能有五十歲了……」

他話音還沒落門就開了，且布瓦爾先生走了進來，後面跟著他的妻子。

與華生的推斷相反，夫婦二人都很年輕，舉止優雅，說話做事都很俐落。他們對福爾摩斯的到來連連表示感謝。

「你們太好了！這樣特地走一趟！讓我們幾乎要爲發生在自己家裡的小麻煩竊喜了，因爲這讓我們有幸見到您……」

「這些法國人太會奉承人了！」華生想道，他可沒被這樣的熱情洋溢嚇壞。

「時間就是金錢，」男爵大聲說道，「特別是您的時間，福爾摩斯先生。所以我們就直奔主題吧！您對此案有什麼看法呢？您預計是否能順利解決呢？」

「要順利解決首先得瞭解案情。」

「您不知道案情？」

「不知道，請您詳細地向我解釋一遍，不要有任何遺漏，到底是什麼事情？」

「是一樁失竊案。」

「哪天發生的？」

「上個禮拜六，」男爵回答說，「在禮拜六晚上到禮拜天白天之間。」

「也就是六天前，好，請繼續說下去。」

「先生，首先要說的是，我和我的妻子就像我們這樣身份的人一樣，很少出門。我們的生活就是教導孩子，辦辦宴會，佈置傢俱，就這些。這間屋子是我妻子用的小客廳，我們在這兒收集了一些藝術品。幾乎所有晚上，我們都是在這度過的。上週六晚上快十一點的時候，我關了燈，和妻子跟平常一樣一起回了房間。」

「房間的位置在哪？……」

「就在您看到的這扇門旁邊。第二天，也就是週日，我很早就起來了。因爲蘇珊娜——也就是我的妻子，她還在睡覺，爲了不吵醒她，我躡手躡腳地來到了這間小客廳。當我發現窗戶開著的時候相當驚訝，因爲前天晚上我們睡前窗戶是關上的！」

「會不會是某個傭人……」

「早上在我們按鈴之前是不會有人進來的，再者我也很小心的上了第二道門的鎖，也就是連著前廳的那扇門。所以窗子是從外面被打開的，而且我也找到了證據：右邊窗的第二塊玻璃——有長插銷的那塊窗戶，被割開了。」

「這扇窗外通往哪裡？」

「您可以看到，這扇窗朝著一個小小的露天平臺，平臺周圍是石砌的陽臺。我們這兒是二樓，您可以看到公館後面的花園，還有隔開蒙梭公園的柵欄。所以可以肯定那人是從蒙梭公園過來的，以梯子翻過了柵欄，爬到露天平臺上。」

「您肯定？」

「柵欄兩側花壇的泥地上都發現樓梯腳留下的兩個小洞，露天平臺下方也有同樣的洞，而且陽臺上有兩道輕微的刮痕，顯然是樓梯曾架在上面而留下的。」

「蒙梭公園晚上不會關閉嗎？」

「會的，但是這條路十四號處有一棟公館正在建，很容易就能從那邊工地穿到公園裡去。」

福爾摩斯思考了一會兒又說道：

「我們來談談失竊本身吧，是在這間屋子裡發生的嗎？」

「是的。原本在這尊十二世紀的聖母像和這件銀製神龕雕刻中間有一盞小小的猶太燈，它不見了。」

「只有這個？」

「只有這個。」

「啊！……您說的猶太燈是什麼東西？」

「就是以前的人用的一種銅燈，由燈杆和一個裝油的容器構成，容器上面裝有兩個或幾個燈嘴用來放置燈芯。」

「總而言之是個沒多大價值的東西。」

「確實沒多大價值，不過我們在這盞燈裡藏了一件古老的珠寶，是一個金製的獅頭羊身龍尾的吐火怪物，上面還鑲嵌著紅寶石和祖母綠，價值連城。」

「爲什麼你們會把它藏在燈裡？」

「先生，這個我也說不太上來，可能就是覺得藏在這燈裡頭是件很有意思的事情吧。」

「沒人知道你們把珠寶藏在那？」

「沒人知道。」

「除了盜寶的那個人以外，」福爾摩斯反駁道，「……不然他怎麼會花那麼大的功夫把這盞猶太燈偷走呢。」

「確實如此，但他怎麼會知道呢？我們也是偶然間才發現這盞燈的秘密裝置。」

「可能其他人……某個傭人……或者你們家的某個熟人……也在偶然間發現這個秘密……警方調查了嗎？」

「應該吧，預審法官已經來調查過，各大報紙上的偵探專欄作家也對此案研究過。但正如我在寫給您的信上說到的，目前還是一點頭緒也沒有。」

福爾摩斯站起身走到窗邊，仔細地檢查了窗扇、露天平臺和陽臺，又用放大鏡研究了石頭上的擦痕，然後請旦布瓦爾先生將他帶到花園裡。

福爾摩斯坐在外面的籐椅上，用一種思索的眼神打量著公寓的屋頂，接著突然走向兩個小木箱，這兩個小木箱是用來蓋住樓梯腳在露天平臺留下的小洞的，以便完整地保存現場痕跡。福爾摩斯把木箱移開，弓身跪在泥地上，鼻子離地只有二十公分，仔細地進行檢查，測量尺寸。接著他又沿著柵欄做了同樣的工作，不過時間短了一點。

對現場的檢查就這樣結束了。

福爾摩斯和旦布瓦爾兩人回到了原先的小客廳裡，旦布瓦爾太太還在那兒等著。

福爾摩斯沈默了幾分鐘說道：

「男爵先生，從您一開始描述的時候，我就對入室竊盜的簡單過程感到吃驚。架上個梯子，割開一塊窗玻璃，選樣東西然後就走了，不，事情不會這麼簡單，這一切都顯得太過清楚了。」

「您的意思是？」

「我的意思是，猶太燈被偷是亞森・羅蘋所指使的……」

「亞森・羅蘋！」男爵驚呼道。

「不過並不是亞森・羅蘋本人偷的，沒外人進過這棟公館……可能只是屋子裡某個傭人沿著排水槽從閣樓下到露天平臺上，我剛在花園時看到那處排水槽了。」

「您這話有什麼證據嗎？……」

「亞森・羅蘋不會兩手空空從這間小客廳出去的。」

「兩手空空！那猶太燈呢？」

「拿了燈並不會妨礙他拿這個鑲滿鑽石的鼻煙盒，或者是順手帶走這條蛋白石項鍊，他只要多動兩下手就行了。如果他沒拿，那就是因爲他沒看到。」

「可是那些外面侵入的痕跡呢？」

「故佈疑陣罷了！只是爲了轉移懷疑的佈置！」

「那陽台上那兩道刮痕呢？」

「那也是騙人的！都是用玻璃砂紙擦的，您瞧，這是我撿到的玻璃砂紙碎片。」

「那梯腳所留下的洞呢？」

「都是故意佈置的！您仔細看露天平臺下方那兩個矩形的洞，還有留在柵欄附近的那兩個。它們的形狀相似，可是露天平臺下方那的洞是平行的，而柵欄附近的卻不是。你再量量兩個洞相隔的距離：兩處的距離不一樣。露天平臺下方的是二十三公分，柵欄那的卻是二十八公分。」

「所以您認爲？」

「我認爲，四個洞都是用一根削好的木棍戳出來的，因爲它們的形狀都一樣。」

「最好的證據是能找到這根木棍。」

「在這兒呢，」福爾摩斯說道，「我在花園裡一棵月桂樹的栽培箱下面撿到了。」

男爵折服了，這個英國人進門不過四十分鐘，就把之前被認爲是建立在顯而易見的事實基礎上的一切推論給推翻了。另一種眞相出現了，而且這眞相是建立在更牢靠的基礎上——即夏洛克・福爾摩斯的推理。

「先生，您對傭人的指控是非常嚴重的問題，」男爵說道，「我們的傭人都是家裡工作很久的老人了，他們之中不會有人背叛我們的。」

「如果他們中沒有人背叛您，那要怎麼解釋我手上這封信和您寫給我的那封信在同一天送到我的手上呢？」

福爾摩斯把羅蘋寫給自己的信遞給男爵夫人。

旦布瓦爾太太嚇呆了。

「亞森・羅蘋……他怎麼會知道呢？」

「您沒有告訴任何人這封信的事吧？」

「沒有，」男爵回答說，「這是我們前幾天晚上在飯桌旁想到的主意。」

「是在傭人面前嗎？」

「不，只有我們和兩個孩子在場。啊，不對……蘇菲和昂麗葉特當時也不在了，是吧，蘇珊娜？」

旦布瓦爾太太想了想，肯定地說道：

「是的，她們去找小姐了。」

「小姐？」福爾摩斯問道。

「就是她們的家庭教師，愛麗絲・德牧小姐。」

「這個人沒和你們一起吃飯？」

「沒有，她單獨在自己的房裡用餐。」

華生有了個想法。

「寄給我朋友福爾摩斯的那封信是直接到郵局寄的？」

「是的。」

「是誰送過去的？」

「是我二十多年的老傭人多明尼克，」男爵回答說，「調查他只是浪費時間。」

「調查永遠不會是在浪費時間。」華生一本正經地說道。

初步的調查結束，福爾摩斯暫時離開了。

一小時之後的晚餐時，他看見旦布瓦爾家的兩個孩子：蘇菲和昂麗葉特。這是兩個漂亮的小姑娘，一個八歲，一個十歲。飯桌上大家的話都不多，福爾摩斯面對伯爵夫婦的殷勤顯得並不和善，夫婦倆於是也決定不開口，福爾摩斯吞完了盤裡的東西就起身了。

這時候一個僕人走了進來，帶來了一條發到這兒來的電報。福爾摩斯打開讀到：

由衷向您致敬，我很驚訝您竟能在這麼短的時間內獲得如此驚人的成果。

亞森・羅蘋

他很惱火地把電報遞給男爵：

「先生，您應該開始相信您的屋裡有內賊了吧？」

「我不明白這是怎麼回事。」旦布瓦爾先生震驚地說道。

「我也不明白，但我確信的就是這裡發生的每一個動作他都知道，講的每一句話他都聽得見。」

當天晚上，華生輕鬆地躺下了，就像那些完成了任務便可倒頭大睡的人一樣。因此他很快就睡著了，還做了美夢，夢見自己一個人追捕羅蘋並打算親手抓住他。追捕的那種感覺相當逼真，他因此醒了過來。

突然有個人挨近他的床邊，華生連忙抓起手槍。

「羅蘋，再動一下我就開槍了。」

「見鬼！你在開玩笑吧，老朋友！」

「怎麼是你，福爾摩斯！需要我幫忙嗎？」

「我需要你幫我看個東西，起來吧……」

福爾摩斯把華生帶到了窗前。

「你瞧……在柵欄那邊……」

「公園裡面嗎？」

「嗯，你有看見什麼嗎？」

「我什麼都沒看見。」

「不，一定有什麼東西在那。」

「啊！是有個影子……不，是兩個影子。」

「沒錯吧？在柵欄那邊……看，那影子在動呢，我們別待在這浪費時間了。」

他們扶著樓梯欄杆摸索下樓，來到一間正對著花園臺階的房間裡。透過門上的玻璃，他們看見那兩個身影還在原地。

「眞奇怪，」福爾摩斯說道，「我好像聽到公館裡有聲音。」

「公館裡？不可能啊！所有人都還在睡覺。」

「你仔細聽……」

正在這時柵欄邊傳來一聲輕微的哨音，他們隱約瞥見一抹似乎來自公館內部的燈光。

「旦布瓦爾夫婦應該是開了燈，」福爾摩斯輕聲說道，「他們的房間剛好在我們的上方。」

「我們聽到的可能就是他們發出的聲音吧，」華生說。「或許他們也正在監視柵欄那邊呢。」

第二聲哨音響起，不過聲音更輕了。

「我不明白，我不明白。」福爾摩斯惱火地說道。

「我也不明白。」華生承認。

福爾摩斯轉動門上的鑰匙，去了插銷，輕輕地推開了門扇。

第三聲哨音響起，這次聲音要大些，而且音調也不一樣了。他們頭頂上的聲音也更清楚了，而且急促起來。

「似乎是在小客廳的露天平臺上。」福爾摩斯低聲說道。

他把腦袋探出了門縫，不過立刻又縮了回來，已經到了口邊的一句咒罵也吞回肚子裡。華生也湊上前來查看，發現就在他們旁邊，有一架梯子靠牆放在露天平臺的陽臺上。

「哼！該死，」福爾摩斯說道，「有人進到小客廳裡了！那才是我們方才聽到的聲音。快，我們把梯子拿開。」

正在此時，一個人影從上面滾了下來，拿起梯子就急急忙忙地背著往柵欄邊跑去，他的同謀還在那等候。福爾摩斯和華生一躍而起衝上去，就在那人把梯子架到柵欄上的時候，他們跑到他身邊，突然柵欄那邊有人開了兩槍。

「受傷了嗎？」福爾摩斯大聲問道。

「沒有。」華生回答說。

華生一把抓住那人想將其制服，但那人轉過身來用一隻手抓住他，另一隻手握著匕首刺向華生的胸膛。華生吸了口氣，身體搖晃一下就倒下了。

「該死！」福爾摩斯叫道，「要是他被殺了，我就要殺人了。」

他將華生平放在草地上，往梯子那邊衝去。太晚了……那人已經爬過梯子和接應他的同謀一起從樹叢裡逃走了。

「華生，華生，不要緊吧，啊？是不是只是擦到而已。」

公館的門突然打開了，旦布瓦爾先生首先走了出來，後面跟著幾個拿著蠟燭的傭人。

「怎麼了！發生什麼事了？」男爵叫道，「華生先生是不是受傷了？」

「沒什麼……只是擦傷而已……」福爾摩斯抱著樂觀的幻想重複說著。

華生流了很多血，臉色慘白。

二十分鐘後，醫生說明刀傷距離心臟只有四公厘。

「離心臟四公厘？華生他運氣總是那麼好。」福爾摩斯嫉妒地道。

「運氣好……運氣還眞好……。」醫生咕噥道。

「他身體那麼健壯，應該不用很久就可以……」

「得躺在床上靜養六週，之後兩個月也需要安靜休養。」

「這樣就會痊癒了嗎？」

「沒錯，除非再出現其他併發症。」

「該死！你是不是想要他出現併發症啊？」

福爾摩斯這下放心了，和男爵一起到小客廳裡。這次那個神秘的訪客可沒有那麼客氣了，他毫無廉恥地拿走鑲滿鑽石的鼻煙盒、蛋白石項鍊，還有所有能放進他口袋裡的東西。

窗戶依然開著，其中一塊窗玻璃被巧妙地割了下來。拂曉時分，簡單調查過後，竊賊使用的梯子是來自旁邊施工中的公館，這表明了竊賊的犯案路線。

「簡單說，」旦布瓦爾帶著些諷刺地說道，「又再上演一次猶太燈被盜一案的情景。」

「嗯，如果同意警方對第一個案件的看法的話。」

「這麼說你還不願意同意這個看法嗎？第二次的失竊沒有動搖您對第一次失竊的看法嗎？」

「先生，它反而證實了我對第一次失竊的看法。」

「這太難以置信了！您親眼看到今晚的失竊案是外面的人幹的，您卻還堅持認爲猶太燈是公館裡的人偷走的？」

「沒錯，就是住在這棟公館裡的人。」

「那您要怎麼解釋？……」

「先生，我現在還不能解釋什麼，但我觀察了這兩次失竊案，發現它們之間的連繫只是表面上的，而我認爲它們是各自獨立的案子，現在我要做的就是找出這兩件案子眞正的線索。」

他對自己的看法確信不疑，行事的方式又理由十足，男爵只能折服了：

「好吧，那我們通知警察……」

「千萬不要！」英國人馬上叫道，「千萬不要！等到我需要的時候再找他們。」

「但是剛剛有人開槍……」

「那沒什麼要緊的！」

「那您的朋友？……」

「我的朋友只是受了傷……請您讓醫生別亂說話，我會對警方負責的。」

兩天過去，沒有任何事情發生。這期間福爾摩斯更仔細地繼續自己的調查工作——因爲他的自尊心。堂而皇之的入室盜竊就在自己的眼皮底下發生，儘管他就在場，卻沒能阻止那人成功偷走東西，一想起這件事福爾摩斯就很惱火，調查得也更仔細。他不知疲倦地在公館和花園裡搜尋，和傭人們談話，在廚房和馬廄裡也停留很久調查。儘管他並沒有發現任何帶來啓示的線索，但他仍然幹勁十足。

「我會找到的，」他想道，「我會在這找到的。這次和金髮女子一案情形不同，並非要去經歷一場未知的冒險，歷經我不知道的途徑去達到我不知道的目標。這次我就身處戰場，敵人不再僅僅是來無影去無蹤、總讓人抓不住的羅蘋，而是一個有血有肉的羅蘋同夥，他的生活和活動場所就在這棟公館裡。只要一點小小的線索，我就能找出他。」

這個線索本來應該是由福爾摩斯從一系列的調查結果中抽取出來，是一個展示他天才的機會，並使猶太燈一案成爲他偵探才能最輝煌的展現。但結果這個細節卻因爲一個偶然，自己送上門來了。

第三天下午，當他走進小客廳樓上那間孩子們的書房時，他發現兩姐妹中較小的那個昂麗葉特正在裡面找剪刀。

「我跟您說，」她對福爾摩斯說道，「我也會做一些紙條，就像您前天晚上收到的那張一樣。」

「前天晚上？」

「是啊，就是快吃完晚飯的時候。您收到了一張上面有貼紙片的紙條……好像就叫做電報……那個我也會做。」

說完小姑娘就出去了，對於其他任何人而言，這些不過是小孩子毫無意義的想法罷了，而福爾摩斯漫不經心地聽完之後也繼續自己的調查。但突然間孩子的最後一句話引起他的注意，他跟著跑出去，在樓梯邊追上她說道：

「那妳也會把紙片貼在紙上了？」

昂麗葉特很驕傲地宣佈道：

「是阿，我會把一些字詞剪下來貼上去。」

「誰教妳這個小遊戲？」

「老師啊……我的家庭教師……我也看過她自己這麼做，她把報紙上的字詞剪下來後黏在紙上……」

「那些紙她用來做什麼？」

「當作電報或信寄出去啊。」

福爾摩斯回到那間學習室裡，對這個小秘密著了迷，努力地想要從中得出些推論。

屋子的壁爐上有一捆報紙。福爾摩斯將它們攤開，發現上面確實有一些字句被剪掉了，而且是有規則地被剪掉。不過他讀過前後的句子發現，這份報紙缺少的字詞是被昂麗葉特隨意地用剪刀剪掉的。可能在這一疊報紙中，有一份才是家庭教師親自剪的，但要怎樣才能確定是哪份呢？

福爾摩斯機械地翻著桌上堆著的教科書，然後又翻了翻堆在壁櫥架子上的那些，突然高興得叫了起來。他在壁櫥一角堆著的舊作業本下面發現一本孩子們用的畫冊，是一本有插圖的習字本，他注意到這本習字本中間有一頁上有個洞。

福爾摩斯檢查了一遍，這是一週七天的詞彙表，禮拜一、禮拜二、禮拜三等等，當中禮拜六這個詞不見了，而猶太燈的失竊恰恰發生在禮拜六晚上。

福爾摩斯心頭一緊，這很清楚地意味著他已經來到陰謀的核心，這種擁抱眞相的感覺，這種肯定，他從來都沒有忽略過。

他既激動又興奮，信心滿滿地快速翻著那本習字本，後面還有另一個驚喜等著他。

習字本當中有一頁上面都是大寫字母，下面跟著一行數字。

其中九個字母、三個數字被小心地移走了。

福爾摩斯將它們按原來的順序抄在自己的記事本上，得到了下面的結果：

CDEHNOPRZ-237

「見鬼，」他喃喃地說道，「這看來根本沒意義。」

可不可以把這些字母打亂重新排列，從而得到一個、兩個或是三個完整的詞呢？

福爾摩斯試了半天後，還是什麼也拚不出來。

只有唯一一個可能反覆出現在他的排列裡，而且他漸漸覺得這就是眞正的那一個排列，一方面因爲它與事實邏輯相符，另一方面也因爲它與整體的案件情況一致。

鑒於畫冊那一頁上字母表中的每個字母都只出現了一次，很有可能、甚至是肯定，這些詞是不完整的，要由其他頁上的字母來補充。如果是這樣的話，除非他搞錯，不然答案應該是這樣的：

REPOND.Z-CH-237

第一個詞很清楚：REPONDEZ（請回覆），倒數第二個字母少個E，是因爲E已經被用在第二個字母。

至於第二個沒有完成的詞，很明顯和數字237一起構成這封信收信人的地址。那人首先建議將日期選定在禮拜六，向位址位於CH.237的人要答覆。

要麼CH.237是郵局自取的一個編號，要麼字母CH是一個不完整的詞。福爾摩斯將畫冊往後面翻，後面的書頁都沒有再被剪切過。直到有新的發現之前，只能掌握現有的解釋了。

「這很有意思吧，是不是啊？」

昂麗葉特已經回來了，問道。福爾摩斯回答說：

「太有意思了！妳還有其他紙嗎？……或者是一些已經剪下來的詞讓我可以貼上去的？」

「紙？……我沒有了……還有，老師會不高興的。」

「老師？」

「是啊，她剛剛已經責備我了。」

「爲什麼呀？」

「因爲我跟您說了一些事情……老師說我們不應該告訴別人自己喜歡的東西。」

「妳說的很有道理。」

昂麗葉特似乎對福爾摩斯的認同感到很高興，她從別在自己裙子上的一個小口袋裡掏出幾塊布、三顆鈕扣、兩塊糖，最後還有一張紙遞給福爾摩斯。

「喏，我把它給您。」

那張紙是一輛馬車的車牌號碼：8279。

「這個號碼是怎麼來的？」

「從她的錢包裡掉出來的。」

「什麼時候？」

「禮拜天我們去做彌撒，她掏錢捐獻的時候。」

「原來如此！現在我教妳怎樣才不會被責備，就是不要跟老師說妳見過我。」

然後福爾摩斯去找了旦布瓦爾先生，向他詢問家庭教師的事情。

男爵驚跳起來。

「愛麗絲・德牧！您認爲是她做的？……這是不可能的。」

「她在您家裡工作多久？」

「只有一年，但我沒見過比她更安靜的人了，我也最信任她。」

「我來了以後怎麼都沒見過她？」

「她前兩天剛好不在。」

「那現在呢？」

「她一回來後就到您那位朋友的床邊照料著，她具備所有看護的品德……溫柔……親切……華生先生似乎對她很著迷。」

「啊！」福爾摩斯叫了一聲，他完全忘了關心自己那位老朋友的情況。

福爾摩斯思考了一會兒，打聽道：

「禮拜天早上她有出去嗎？」

「有的。」

「我指的是猶太燈失竊後的隔天早上，您確定嗎？」

男爵叫來自己的妻子問這個問題，男爵夫人回答說：

「德牧小姐和平常一樣，和孩子們一起去參加十一點鐘的彌撒。」

「在這之前呢？」

「這之前？好像有又好像沒有……因爲當時那樁失竊案有點嚇到我，我才沒注意到……不過我記得她前一天晚上有請我允許她禮拜天早上出趟門……她好像是說要去看一個剛好路過巴黎的表妹，難道……您不會是在懷疑她吧？」

「當然不是……不過我想見見她。」

福爾摩斯上樓到華生的房間，一個穿著灰色長裙、護士打扮的女子正俯身給病人餵喝的。當她轉過身來的時候，福爾摩斯認出她就是那個在火車站前面哀求自己回英國去的年輕女子。

他們彼此沒有做出任何解釋，愛麗絲・德牧溫和地笑了笑，她那雙迷人而又莊重的眼睛裡沒有半分尷尬。福爾摩斯想說些什麼，但只張了張嘴就不言語了。於是她繼續做事，在福爾摩斯驚訝的注視下放下藥瓶，把繃帶纏好，重新遞給他一個明亮的微笑。

福爾摩斯轉身下了樓，看見旦布瓦爾先生的汽車停在院子裡。於是他坐上車，讓司機開到勒瓦魯瓦的馬車行。昂麗葉特交給他的那個馬車車牌號碼上的地址正是此處。周日上午駕駛 8279 號馬

車的車夫杜普雷沒有班，於是福爾摩斯打發汽車先回去了，自己則在那一直等到交班的時候。

杜普雷車夫回來以後，跟福爾摩斯說自己確實在蒙梭公園附近載到一名女子。那是一位穿黑衣服的年輕女士，戴著厚厚的面紗，看上去很焦慮。

「她有帶包裹嗎？」

「帶了，一個挺長的包裹。」

「你把她送到哪？」

「泰爾納街，聖費爾迪南廣場那塊地。她在那待了十幾分鐘，然後我們就從蒙梭公園回來了。」

「你還能認出泰爾納街的那棟房子嗎？」

「當然！要帶你去嗎？」

「等一下再去，先帶我去奧菲伍沿河街三十六號。」

福爾摩斯運氣很好，他在警察總局馬上就見到葛尼瑪探長。

「葛尼瑪探長，您有空嗎？」

「要是跟羅蘋有關的話，我沒空。」

「就是跟羅蘋有關。」

「那我就不會行動了。」

「怎麼！您已經放棄……」

「我放棄不可能的事情！我對不公平的戰鬥沒興趣，我們肯定是占下風的。您可以說我很荒唐，是懦夫，您愛怎麼說都行……我不在乎！羅蘋的確比我們都強，因此只能屈服。」

「我不會屈服的。」

「那他會讓您和其他人一樣屈服的。」

「好吧，那樣的情景應該會讓您很開心吧！」

「啊！這倒是真的，」葛尼瑪坦率地說道。「既然您還不長記性，想再吃苦頭，那我們就走吧。」

於是兩人一起搭上馬車，車夫按照他們的命令，還沒到那棟房子就提前停在馬路另一側一家咖啡館的門口。他們在咖啡館的露天座上坐下，旁邊都是月桂樹和絲棉木，太陽開始下山了。

「服務生，」福爾摩斯叫道，「拿些紙筆來。」

他寫了點東西，又叫來服務生：

「你把這封信送到對面那棟房子的門房那兒去，就是那個戴著鴨舌帽在門口抽菸的傢伙。」

那個門房收到信跑了過來，葛尼瑪表明自己的探長身份，福爾摩斯於是問他禮拜天早上是不是有一個穿黑衣的年輕女子來過。

「穿黑衣？是的，大概快九點的時候……她去了三樓。」

「她經常來嗎？」

「不，只有這段時間比較常來吧……前兩週差不多每天都看得到她。」

「那從上星期日之後呢？」

「只見過一次……不算今天的話。」

「怎麼！她今天有來！」

「她就在裡面啊。」

「她現在就在裡面？」

「大概進去十分鐘左右，她的車像往常一樣在聖費爾迪南廣場等著呢，我在門口遇到她的。」

「三樓的房客是誰？」

「有兩個人，一個是製帽女工朗耶小姐，還有一個先生一個月前用布雷森的名字租了兩間附傢俱的房間。」

「為什麼你這樣說——用布雷森的名字？」

「我覺得這是個化名，我妻子幫他做家務，呵，他沒有兩件襯衣上的姓名縮寫是一樣的。」

「他的日常生活呢？」

「哦！幾乎一直在外面，三天都不會回來一趟。」

「那他上週六到週日的晚上有回來嗎？」

「上週六到週日的夜間？我想想……哦，有的，他週六晚上回來，之後就再也沒出去。」

「他是怎樣的一個人？」

「我說不太出來，他太多變了！時高時矮，時胖時瘦……有時是棕色頭髮，有時又是金髮，我總是認不出他來。」

葛尼瑪和福爾摩斯對視了一眼。

「是他，」探長低聲說道，「正是他。」

老探長確實慌亂了片刻，他吐口氣，緊握雙拳。

福爾摩斯儘管比他還要鎮靜，但也感到心頭一緊。

「你們看，」門房說道，「那就是那名年輕女子。」

女教師出現在門口，步行穿過廣場。

「這個就是布雷森先生。」

「布雷森先生？哪個？」

「就是胳膊下面夾了個包裹的那人。」

「可他並沒跟那年輕女子一起啊，那女子一個人去坐車了。」

「啊！的確，我從沒見過他們在一起過。」

福爾摩斯和葛尼瑪急急忙忙地站起身，借著路燈的微光，他們認出羅蘋的身影朝著與廣場相反的方向走遠了。

「您想跟誰?」葛尼瑪問道。

「當然是他了!他才是大魚。」

「那我就跟著那位小姐了。」葛尼瑪提議說。

「不用,不用,」英國人連忙說道,他不想把公館那些事透露給葛尼瑪知道。「那位小姐,我知道在哪能找到她……您跟我一道就好。」

於是他們二人就開始利用路上的行人和報亭作爲臨時掩護,遠遠地追蹤羅蘋。跟蹤很輕鬆,因爲羅蘋一直沒有回頭,而且走得很快,右腳還有些微跛,不過程度很輕,只有觀察細緻的人才看得出來。葛尼瑪說道:

「他裝瘸。」

接著他又說道:

「啊!要是我們召集兩三個員警抓住這傢伙就好了!我們有可能會跟丟的。」

可是他們一直走到泰爾納門也沒有一個員警出現,等出了城就更別指望會有外援了。

「我們分開吧,」福爾摩斯說道,「這地方太荒涼了。」

他們此刻在維克多·雨果大街上,兩人各擇了一條人行道,沿著路邊的樹往前走。

就這樣他們走了二十分鐘,直到羅蘋左轉到塞納河邊。兩人隱約看見羅蘋走到塞納河岸邊,在那待了幾秒鐘，他們沒法看見他在做什麼。然後羅蘋又走上河岸往回走。福爾摩斯和葛尼瑪緊貼著一處欄杆的條柱，羅蘋從他們面前走過，那個包裏已經不在他手上。

等羅蘋走遠，有另一個人從一棟房子的牆角處鑽出來，溜到樹叢裡。

福爾摩斯低聲說道：

「這個人似乎也在跟蹤羅蘋。」

「是的，我們走過來的時候好像也看見他了。」

跟蹤重新開始了，不過由於這個人的出現變得更加複雜。羅蘋順著原路，重新穿過泰爾納門回到了聖費爾迪南廣場的那棟公寓裡。

正在門房關門的時候，葛尼瑪出現了。

「你看見他了吧？」

「是的，我正在關樓梯間的煤氣燈，他正好拉開自己門上的門閂。」

「沒人和他一起住嗎？」

「沒有，連一個傭人也沒有……他從不在這吃飯。」

「這地方有暗梯嗎？」

「沒有。」

葛尼瑪對福爾摩斯說道：

「最簡單的就是我守在羅蘋的門口，您去找德莫爾路派出所的所長。我會給您口令的。」

福爾摩斯反對道：

「要是他在這期間逃走了呢？」

「我不是留在這了嗎！……」

「對他這樣的人，一對一可算不上勢均力敵。」

「但我不能強行進入他的住所呀，我沒這個權利，特別是在夜間。」

福爾摩斯聳了聳肩膀說道：

「你要是把羅蘋抓到手，不會有人計較您是在什麼情況下進行逮捕的。再說，又怎麼了！我們只是敲敲門啊，就可以看看會發生什麼事了。」

於是兩人上了樓，樓梯平臺的左邊是對開的門扇，葛尼瑪敲了門。

沒有任何聲音，他又敲了一次，還是沒有人。

「我們進去吧。」福爾摩斯低聲說。

「好的，進去吧。」

可他倆都沒動，露出了猶豫不決的表情，就像是到了行動的關鍵時刻反而躊躇起來的人一樣。他們害怕採取行動，突然覺得羅蘋不可能在裡面，離他們這麼近，就隔了這扇不結實得一拳可以推開的隔板。兩個人都太瞭解他了，這個魔鬼般的角色不會讓自己這麼輕易就被捉住的。不，不，絕不會，他肯定不在那了，可能已經通過相鄰的房子，通過屋頂，或者是某個預備好的出口逃走了。這次能捉住的又只有羅蘋的影子罷了。

兩人都戰慄起來。門那邊傳來了幾乎微不可聞的聲音，輕輕擦過這片沉寂。他們肯定他還在那兒，中間只隔了這層薄薄的木板。他在聽他們的動靜，而且也聽到了。

怎麼辦？情形十分危急，儘管他們都具備老警察、老偵探的鎮靜，可還是壓不住激動，彷彿能聽見自己的心跳聲。

葛尼瑪用眼角徵詢了一下福爾摩斯的意見，猛地用拳頭撞向其中一扇門。

屋裡有腳步聲，而且是毫無掩飾的腳步聲……

葛尼瑪搖晃著門，福爾摩斯按捺不住，一把上前用肩頂住，撞了開來，兩人衝入強攻。

突然兩人都停住腳步，隔壁的房間裡傳來了一聲槍響。接著又是一聲，然後是有人倒地的聲音……

等他們進了那間房間，才發現有個人躺在地上，臉對著壁爐的大理石。那人還在抽搐著，手槍滑到地上。

葛尼瑪彎下腰將死者的頭轉了過來，那人滿頭是血，臉頰和太陽穴兩處傷口的血還在往外湧。

「他已經面目全非了。」葛尼瑪喃喃地說道。

「該死！」福爾摩斯說道，「不是他。」

「您怎麼知道?您甚至都沒仔細看上一眼。」

英國人冷笑著說道：

「那您認爲亞森·羅蘋是會自殺的人嗎?」

「但我們在外面的時候有認出他啊……」

「我們以爲是他，是因爲我們希望那就是他，因爲那個人一直困擾著我們。」

「那，這是他的同夥嗎?」

「羅蘋的同夥也不會自殺。」

「那這到底是誰呢?」

他們查看屍體，福爾摩斯在他的口袋裡找到一個空錢包，葛尼瑪在他另一個口袋裡找到了幾個硬幣。襯衣上沒有任何標記，外衣上也沒有。

屋內的行李箱（一個大行李箱和兩個小一點的箱子）中只有些日常用品，壁爐上放著一堆報紙，葛尼瑪將這些報紙展開，上面都是談論猶太燈被盜一案的。

一個小時後，葛尼瑪和福爾摩斯撤走的時候，對於這個被他們介入逼得自殺的奇怪人物，他們依然不知道更多的資訊。

他是誰?他爲什麼自殺?他與猶太燈一案有什麼關聯?之前一路上是誰在跟蹤他?這些問題都很複雜……都是謎團……

福爾摩斯心情很糟糕地倒在床上睡了，等他醒來的時候，他收到了一封氣壓傳送信：

亞森・羅蘋很榮幸地向你宣佈，他作爲布雷森這個人物的悲劇性死亡，並請求你出席他的葬禮。葬禮將在六月二十五日舉行，國家將承擔喪葬費用。

chapter 8

你看，老夥伴

「你看，老夥伴，」福爾摩斯揮舞著羅蘋的那封氣壓傳送信對華生說道，「這次冒險經歷中最讓我覺得惱怒的就是這位該死的紳士總有一隻眼睛盯著我。我最隱秘的想法也逃不過他的眼睛。我就像是個演員，所有的步驟都被嚴格安排好了，往哪兒走，說什麼話，都被定好了，因爲有一種高高在上的意志想要如此。你明白嗎，華生？」

華生要不是因爲體溫徘徊在四十度到四十一度之間，沉沉地昏睡了過去，他一定是會明白的，不過有沒有聽見對福爾摩斯而言並不重要。他繼續說道：

「爲了不讓自己失去希望，我得全力以赴，調動一切資源。好在對我而言，這些小把戲僅僅只能刺激一下我。刺人的火焰熄滅之後，自尊的傷口平復了，我就能說：『儘管享受這些把戲的樂趣吧，你這傢伙，有時候你這些舉動出賣的正是你自己。』因爲說到底，羅蘋不正是因爲他在我來公館那晚傳來的第一封電報而引起小昂麗葉特的聯想，才讓我發現愛麗絲・德牧跟他通信的秘密嗎？華生，你應該還記得吧。」

福爾摩斯踏著很響的步子在房間裡走來走去，也不怕吵醒華生。

「總之！事情還不壞，雖然案子的情況還有些不清楚，但我開始找到正確的方向了。首先我要來對付布雷森先生，葛尼瑪和我約在塞納河邊上，就是布雷森扔下包裹的那地方碰頭，我們會瞭解這位先生的角色的。剩下的，就是愛麗絲・德牧和我之間的較量了。這個對手能力有限，嗯，華生？你難道不認爲我用不了多久就能弄懂習字本上的那句話了嗎，知道那兩個單獨的字母 C 和 H 是什麼意思？因爲關鍵就在此，華生。」

正在這時德牧小姐進來了，她瞧見福爾摩斯在這兒手舞足蹈的，就文靜地對他說道：

「福爾摩斯先生，您要是吵醒了我的病人，那我可要責備您了。您不能在這邊打擾他，醫生說過他要保持絕對的安靜。」

福爾摩斯一言未發地打量著她，很驚訝地發現德牧小姐和第一天的時候一樣平靜，這種平靜是無法解釋的。

「您看著我做什麼呢，福爾摩斯先生？沒什麼？不過……您似乎有些話想說……是什麼呢？您倒是說呀。」

德牧小姐詢問他的時候，臉上依然顯得那樣明媚，眼睛裡也是一派天眞，唇間還帶著笑意，上身微微地向前傾著。她的純眞讓福爾摩斯怒火中燒。他走近前來低聲地對她說道：

「布雷森昨晚自殺了。」

德牧小姐重複了一遍，似乎沒明白過來：

「布雷森昨晚自殺了……」

事實上她臉上的表情沒有任何收縮變化，沒有跡象表明她在試圖說謊。

「您早就知道了，」福爾摩斯憤怒地說道，「……否則的話，您至少會顫抖一下的……啊！您比我想像的要厲害……但爲什麼要掩飾呢？」

福爾摩斯一把抓起自己之前放在旁邊桌子上的習字本，翻開到被裁剪掉的那一頁說道：

「您是否可以告訴我這上面缺少的字母會排成什麼句子，就是您在猶太燈被盜前，送去給布雷森紙條上的內容。」

「什麼句子？……猶太燈被盜？……布雷森？……」

德牧小姐把這幾個詞慢慢重複了一遍，似乎要推出其中的意思。

福爾摩斯堅持說道：

「是的，這就是被使用的幾個字母……就在這張紙上，您對布雷森傳達了什麼？」

「被使用的字母……我說了什麼……？」

突然她大笑了起來：

「是了！我明白了！我是失竊案中的同夥！有一個叫做布雷森先生的人拿走猶太燈並自殺了，而我正是這位先生的朋友。哦！這太好笑了！」

「那您昨天晚上去泰爾納街那棟房子的三樓是去找誰呢？」

「誰？我的製帽女工朗耶小姐啊，她和布雷森先生難道是同一個人？」

不管怎麼樣，福爾摩斯有些懷疑了。一個人為了欺騙旁人可以裝假，可以裝出恐懼、快樂或是焦慮等等各種情感，可是絕對裝不出漠然，裝不出歡快的、無憂無慮的笑容。

不過他還是對德牧小姐說道：

「最後再問您一句話，幾天前的晚上，您為什麼要在火車站找我交談？您為什麼請我馬上返回英國不要管這件案子？」

「啊！您的好奇心太強了，福爾摩斯先生，」她依舊很自然地笑著回答道。「為了懲罰您，我什麼都不會讓您知道的。還有，我一會兒要去趟藥局，這期間您得顧著病人……我去配個很急的處方……我先走了。」

德牧小姐出了門。

「我被騙了，」福爾摩斯喃喃地說道。「我從她那不懂什麼都沒問到，反而暴露出自己知道的。」

他想起藍鑽石一案中自己對克羅蒂爾德·戴斯唐日進行的詢問，金髮女子不也是同樣從容鎮定地應對他的嗎？他難道又再次遭遇一個同樣的角色，在羅蘋保護下受其影響，因而縱使在危險中也能保持冷靜。

「福爾摩斯……福爾摩斯……」

華生在叫他，福爾摩斯走近前去彎下腰問道：

「怎麼了，華生？是不是很痛？」

華生的嘴唇動了動，卻說不出話來。經過一番努力，他終於結結巴巴地說道：

「不……福爾摩斯……不是她……不可能是她……」

「你在胡言亂語些什麼？我跟你說就是她！只有面對羅蘋培養出來的女人我才會昏了頭做出些蠢事……她現在已經知道我解出習字本的事了……我跟你打賭，用不了一個小時羅蘋就會接到通知。等等……用不了一個小時？我在說些什麼呢？應該是馬上！藥劑師……緊急的處方……全是謊話！」

福爾摩斯很快衝出門，來到梅斯納路上，發現德牧小姐進了一間藥房。十分鐘之後，她拿著些裹白紙的小藥瓶和一隻細頸瓶出來了。可是當她走到街上的時候，有一個跟在她後面的男人上前來同她搭訕。那人手上拿著鴨舌帽，一副卑躬屈膝的模樣，似乎是在乞討。

德牧小姐停下來施捨他幾個錢後，就繼續往前走了。

「她和他說話了。」福爾摩斯思忖道。

與其說這是一種肯定，不如說是一種直覺，而且是很強烈的直覺，福爾摩斯於是變換了戰術。他放棄了那個年輕女子，轉而追蹤那個假乞丐。

這樣他們兩人一前一後來到了聖費爾迪南廣場。那人在布雷森住的那棟房子周圍晃蕩了很久，時不時地抬眼看看三樓的窗戶，監視著進入這棟房子的人。

一個小時之後，他上了一輛開往訥伊的電車，去了頂層。福爾摩斯也跟了上去，坐在那人後方離他有些距離的位子上。他旁邊還坐了一位先生，臉被攤開的報紙擋住。到了城門處的時候，那人拿下報紙，福爾摩斯看出是葛尼瑪。葛尼瑪指著那人附耳對福爾摩斯說道：

「這就是昨晚那個跟著布雷森的人，一個小時前他在廣場上晃蕩。」

「關於布雷森有什麼新狀況嗎？」福爾摩斯問道。

「有，今天早上有一封信寄到他的住址。」

「今天早上？也就是說那封信是昨天交到郵局的，寄信人當時還不知道布雷森死了。」

「沒錯，信已經到預審法官的手上，不過我把內容抄下來了：**『他不接受任何交易，他什麼都要，第一樣東西，連同第二次的那些，否則他就會開始採取行動。』**而且沒有簽名，」葛尼瑪補充說道。「您看到了，這幾行字對我們毫無用處。」

「我一點都不同意您的觀點，葛尼瑪先生，相反的，在我看來這幾行字很有意思。」

「我的天啊，爲什麼呢？」

「因爲一些我個人需要保密的原因。」福爾摩斯不客氣地回答他。

電車在城堡路停下了，這是終點站，那人下車平靜地走了。

福爾摩斯跟得很近，葛尼瑪害怕起來，說道：

「他要是轉過身，我們就會被發現了。」

「他現在不會轉身的。」

「您知道些什麼？」

「這是羅蘋的同夥，羅蘋的同夥像這樣兩手放在口袋裡往前走，說明他知道自己被跟蹤了，而且他什麼都不怕。」

「但是我們離得很近，現在就可以捉住他。」

「還不夠近得能夠確保他在一分鐘以內不從我們手心裡逃走，他太有自信了。」

「您瞧！您瞧！還要等下去嗎。那邊咖啡館門口有兩個騎自行車的員警。要是請他們幫忙對付這個人，他絕對不可能從我們手心裡溜走。」

「不過那人對這種不可能似乎無動於衷，他反倒朝那兩人走去了！」

「該死，」葛尼瑪罵道，「他可眞夠鎭定的！」

事實上正當兩名員警準備騎上自行車的時候，那人朝他們走過去，對他們說了幾句話，突然間就跳上靠在咖啡館牆上的第三輛自行車，三個人很快就一起騎遠了。

福爾摩斯放聲大笑道：

「哈！跟我說的一樣吧？一、二、三，全逃走了！誰跟他一起逃的？您的兩位同事，葛尼瑪先生。啊！他可眞不賴啊，羅蘋！連騎自行車的員警都受雇於他！我就跟你說那人表現得太過鎮定了！」

「什麼啊，」惱怒的葛尼瑪嚷嚷道，「現在該怎麼辦？您不要只會笑啊！」

「好了，好了，您別生氣，我們會報仇的，不過現在我們需要增援。」

「佛朗方在訥伊街那頭等著我呢。」

「很好，您去帶他來和我會合。」

葛尼瑪於是去了，福爾摩斯沿著自行車留下的痕跡追蹤。由於當中有兩輛車的輪胎上是有條紋的，所以路面的塵土留有清楚的痕跡。突然間他發覺這些車痕把自己帶到塞納河邊，那三個人騎向前一天晚上布雷森去的那個方向。如此一來福爾摩斯就又來到之前自己和葛尼瑪藏身的柵欄處，他發現附近車痕混雜，這就證明他們在這停留過。在他的正對面有一處狹長的土堤伸入塞納河，土堤那頭泊著一艘破船。

布雷森應該就是把包裹扔在那，或者更準確的說是他有意丟在那。福爾摩斯下了堤岸，發現河岸的坡度很平緩，河水水位也很低，應該很容易就能找到那個包裹……除非那三個人已經搶先拿走了。

「不，不會的，」他思忖道，「他們沒那麼多時間……頂多就十五分鐘……但這樣的話他們爲什麼要來這呢？」

那艘破船上坐著一個釣魚的人，福爾摩斯問他說：

「您有沒有看見三個騎自行車的人？」

那釣魚的人示意沒有。

福爾摩斯堅持問道：

「可是……有三個人……他們剛剛曾停在距離您不到兩步遠的地方……」

那人將釣竿夾在腋下，從口袋裡掏出一個小本子，在當中一頁上寫了些什麼，然後撕下來遞給福爾摩斯。

福爾摩斯顫抖了一下，他只瞄了一眼，就瞧見自己手上那頁紙的正中寫著習字本上撕下來的幾個字母。

河面上的陽光很烈，那人早已重新開始釣魚了。他把臉躲在草帽的陰影下，外套和背心都疊好放在一邊，專心地釣著魚，釣竿上的浮子飄在水上。

整整一分鐘過去，整整一分鐘充滿著莊嚴和可怕的寂靜。

「這是他嗎？」福爾摩斯幾乎是痛苦地滿懷焦慮地思考著。

他突然恍然大悟：

「是他！是他！只有他不會焦躁不安，不會擔心將要發生的事情……除了他還有誰知道習字本的事？愛麗絲・德牧通知他了。」

突然間福爾摩斯覺得自己的手已經握住手槍的槍柄，他的目光緊盯著那人的後背，脖子下方一點點的位置。只要一個動作，整幕戲就都結束了，這個奇怪冒險家的生命就會悲慘地終結。

釣魚的人沒有動。

福爾摩斯緊張地握住武器，他既想兇狠地射出子彈結束這一切，但同時又對這從背後攻擊人、違背自己本性的行爲感到恐懼。要是自己開槍他就死定了，一切就都結束了。

「唉！」福爾摩斯想道，「他倒是站起身啊，倒是自衛啊……否則他會死……再一秒鐘……我就開槍了……」

就在這時，福爾摩斯聽到腳步聲，轉過頭去，他看見葛尼瑪正帶著員警過來。

於是他改變主意，一躍跳到那艘船上，因爲用力過猛，拴船的纜繩都斷了。福爾摩斯正好落在那人身上，一把將他攔腰抱住，兩人一起滾在船艙底。

「接下來呢？」羅蘋一邊掙扎，一邊叫道。「這樣做是要幹什麼？我們兩人要其中一個制服了另一個才算結束！但是你現在不能把我怎麼樣，我也不能把你怎麼樣。結果就是我們像兩個傻瓜一樣在這……」

兩支槳都滑落水中，船開始亂晃，岸上的驚叫聲此起彼伏，羅蘋繼續說道：

「眞是麻煩，天哪！你是不是糊塗了？……你都這把年紀還做這樣的蠢事！虧你還長這麼大個！呸，眞討厭！……」

羅蘋終於成功地掙脫了他。

福爾摩斯瘋狂之下什麼都能做得出來，他將手伸進了口袋，卻轉而咒罵了一聲——羅蘋早把他的手槍拿走了。

於是福爾摩斯跪下來試圖抓住一支槳將船划到岸邊，而羅蘋也在努力地抓另外一支，爲的是將船划到更遠處。

「抓得到……抓不到，」羅蘋說道，「那都沒什麼用……就算你弄到槳，我也會阻止你用的……而你也是一樣。喏，人們在生活中就是會努力掙扎……毫無理智，因爲能決定的其實是命運……哎，你瞧，命運這東西……好吧，它偏向老羅蘋勝利！我運氣眞好！」

船開始往遠處飄去。

「注意！」羅蘋叫道。

岸上有人用槍瞄準船這邊，羅蘋低下頭，一聲巨大的槍響，他們身側濺起水花，羅蘋大笑起來。

「天啊，請原諒我，是葛尼瑪這傢伙！……葛尼瑪，你幹的這事也太糟糕了。你只有在合理自衛的情況下才有權開槍……可憐的羅蘋是不是讓你瘋狂得忘記了自己所有的權力？……算了，再射一次吧！……不過不幸的是，你可能會打中親愛的福爾摩斯偵探。」

他用身體擋住福爾摩斯，站在船上面對著葛尼瑪叫道：

「好了！現在我放心了……你瞄準這，葛尼瑪，正中心臟的位置！……再高一點……往左一些……沒打中……眞笨……再來一次？……葛尼瑪，你手都在發抖了……聽口令好不好？冷靜！……一、二、三，開火！……又沒打中！見鬼，政府怎麼會把兒童玩具配給你當手槍用啊？」

羅蘋炫耀地拿出了一把笨重的長柄手槍，沒有瞄準就直接開了一槍。

葛尼瑪探長摸摸自己的帽子——帽子被子彈打穿一個洞。

「怎麼樣啊，葛尼瑪？這槍可是來自一家很不錯的製槍廠。再見了，先生們，這把可是我高貴的朋友夏洛克・福爾摩斯偵探的槍！」

羅蘋胳膊一揮，將武器扔到葛尼瑪腳邊。

福爾摩斯忍不住笑著流露出了敬佩之意，羅蘋這日子過得多放縱啊！充滿青春的發自內心的快樂！他看起來多開心啊！危險感彷彿可以激起他身體的快感；對這個不尋常的人而言，生活的唯一目標彷彿就是尋找危險然後再將之消除，從中找到樂子。

可是此刻河的兩岸聚集了大量的人，他們的船在水流緩緩的作用下輕輕地飄在河中央，葛尼瑪和他的人都緊盯著，羅蘋被捕肯定是無法避免的了。

「偵探先生，」羅蘋轉向福爾摩斯叫道，「承認吧，就是給你川斯瓦①所有的黃金，你也不會交換現在的位置！你可是坐在頭等席上，搶得了頭功！不過首先我們先得演出序幕……然後我們就直接跳到第五幕亞森・羅蘋的被捕或逃脫。親愛的偵探先生，我有個問題要問你，我請你用是或否來回答，以避免任何誤解。你就放棄這件案子吧，現在還來得及，我可以去挽回你造成的危害，要是再晚的話我也無能爲力了，你同不同意？」

「不同意。」

羅蘋臉上的表情收緊了，顯然福爾摩斯的固執激怒了他。他又說道：

「我再問一遍，爲了我，更是爲了你，我堅持再問一遍，因爲你一定會後悔介入此事的。最後一次，同不同意？」

「不同意。」

羅蘋蹲下身子，移開船艙底部的一塊底板，接著他又花好幾分鐘的時間搗了一堆什麼東西，福爾摩斯完全搞不清楚他要做什麼，做完之後羅蘋起身在福爾摩斯身邊坐下對他說道：

「偵探先生，我想我們是因爲同樣的原因來到這條河邊，那就是打撈布雷森在這留下的東西。我約了幾個同伴來這，我正要開始——我穿的衣服表明了這一點，下這條河去探一探，我的朋友就通知我說你來了。」

「而且我得向你承認，我對你調查的進展毫不感到驚訝，因爲我敢這麼說，我有即時的情報。

這太容易了！只要繆瑞洛路那邊有任何可能讓我感興趣的動靜，很快我就會接到電話通知！你明白，在這樣的情況下……」

羅蘋停下不說了，他之前揭開的那塊板浮了起來，周圍細細的水流滲了進來。

「該死！我不知道我是怎麼弄的，不過我想這破船下面已經開始進水了。偵探先生，你不害怕嗎？」

福爾摩斯聳了聳肩膀。羅蘋繼續說道：

「那麼你明白，在那樣的情況下，我提前得知了你挑戰我的欲望要比我想努力避免這場戰鬥的欲望強得多，因此我很樂於同你玩上一局的。這場戰鬥的結局是肯定的，因爲我手上有所有的王牌，我想讓我們的會面盡可能轟動，這樣你的失敗就會廣爲人知，下一位克羅宗伯爵夫人或是旦布瓦爾男爵就不會再試圖請你來對付我。你瞧見那邊了沒，我親愛的偵探先生……」

羅蘋打住了話頭，手握成半拳狀眺望著河岸邊說道：

「哎喲！他們租了條算得上戰艦的小艇，此刻正拼命地往這兒划呢。用不了五分鐘他們就能衝上船，到時我就完了。福爾摩斯先生，給你一條建議：向我撲過來，將我捆住交給我國的警方……這個計畫你還滿意吧？……除非我們等不到那時候就沉船了，那樣我們只要準備好遺囑就行了，你有什麼看法？」

他們的目光彼此交會了一下，這次福爾摩斯終於明白羅蘋的詭計，他之前就把船底鑿穿了，水開始淹了上來。

河水淹到他們的皮鞋底，又蓋過他們的腳面，兩人仍舊絲毫未動。

河水接著淹過腳踝，福爾摩斯拿起裝菸草的小荷包，捲了一支菸點燃。

羅蘋繼續說道：

「我親愛的偵探先生，你難道沒發現到，我謙卑地承認自己對你的無能為力嗎？之所以選擇勝局已定的戰鬥，是爲了避免其他我無法選擇戰場的戰鬥，這就是我對你的屈服了。這就承認了福爾摩斯是我唯一害怕的敵人，等於是宣佈，只要福爾摩斯還在場上，我就會惴惴不安。我親愛的偵探先生，這就是我要對你說的，因爲命運的安排，我有幸跟你進行這次談話。只有一件事讓我覺得遺憾，那就是我們的談話是在洗足浴的同時進行！……我承認，這樣的場景不夠嚴肅……我剛剛說什麼來著！洗足浴！……其實更確切的說應該是坐浴了！」

的確，水已經漲到了他們坐著的長凳上，船沉得越來越厲害了。

福爾摩斯十分鎮定，嘴裡叼著菸，似乎專心地凝視著天空沉思。羅蘋此刻周圍是險象環生，他被人群包圍著，大批的員警正在追捕，可他依舊一副好心情。在這樣的一個人面前，無論如何，福爾摩斯都不會讓自己露出半點焦躁。

怎麼！他們兩人的神情似乎都在說：難道要為這點小事慌亂嗎？難道不是每天都有人淹死在河裡？這種事情值得大驚小怪嗎？於是這兩人一個饒舌不止，一個神遊仙境。兩個人無動於衷的面具下藏著的是兩顆驕傲的心正在較勁。

又過了一分鐘，他們快沒頂了。

「關鍵是，」羅蘋提出說，「我們是會在那些司法的捍衛者到達之前還是之後落水。問題就在這了。因爲翻船是毫無疑問的。偵探先生，莊嚴立遺囑的時刻到了，我將我所有的財產留給英國公民夏洛克・福爾摩斯，條件是他……我的天啊，那些司法的捍衛者，他們倒是快點呀！啊！勇敢的人！看見他們眞好。他們一槳一槳划得多標準啊！瞧，那不是小隊長佛朗方嗎？太好了！這個戰艦的主意眞是太棒了！我會向你的上司舉薦你的，佛朗方隊長……你是不是想要獎章？一定……沒問題的。還有你的同事狄耶茲，他在哪兒呢？在左邊岸上那好幾百個老百姓中間是不是？……這樣一來，假使逃過沉船這一劫，我要麼會在左岸被狄耶茲和那好幾百號人逮住，要麼就會在右岸被葛尼瑪和訥伊的人民捉拿歸案。眞是進退兩難啊……」

突然間水中起了漩渦，船直打轉，福爾摩斯不得不抓住槳環。

「偵探先生，」羅蘋說道，「我請求你脫掉外套，這樣你游泳的時候更方便點。不脫？你拒絕？那我也穿上我的外套好了。」

羅蘋套上外套，和福爾摩斯一樣一個不差地扣上扣子，嘆了口氣說道：

「你是多可敬的一個人啊！眞遺憾你如此固執……你在這件事中當然是竭盡全力了，可都是沒用的！眞的，你糟蹋了你的天才……」

「羅蘋先生，」福爾摩斯終於不再沈默了，說道，「你的話太多了，你常常因爲過分自信和過分輕浮而犯錯。」

「你的責備很嚴厲嘛。」

「剛剛正是如此，你在不知不覺中向我提供了我在尋找的訊息。」

「怎麼會！你在尋找訊息也不來跟我說！」

「我不需要任何人，三小時之後我就會將謎底告知旦布瓦爾夫婦，唯一的答案就是……」

福爾摩斯的話沒有說完，船一下子沉了，他們兩人都落到水裡。不過那船馬上又側著面浮出水面，船身朝上。兩邊岸上傳來了大喊大叫的聲音，接著是一陣焦慮的沈默，突然間人們又驚呼起來，有一個落水的人浮了上來。

那人是福爾摩斯。

他是名出色的泳者，揮舞著手臂划向佛朗方的小艇。

「眞勇敢，福爾摩斯先生，」小隊長叫道，「我們在這兒呢……加把勁……我們接下來會對付他的……我們會捉住他的，來……再稍稍加把勁，福爾摩斯先生……拉住繩子……」

福爾摩斯抓住遞過來的繩子，正當他爬上船的時候，他後面一個聲音叫道：

「謎底嗎，我親愛的偵探先生，當然是會有的，你會知道的。我甚至感到奇怪你還不知道……接下來呢？謎底對你有什麼用呢？謎底揭開之時你也在這場戰鬥中失敗了……」

羅蘋一邊高談闊論，一邊爬上船板騎在了船身上，舒舒服服地安頓下來，然後繼續他的高談闊論，手裡還一本正經地比劃著，彷彿希望說服對方。

「你要明白，我親愛的偵探先生，沒什麼需要你要做的，什麼都沒有……你會處在可悲的境地……」

佛朗方打斷他說：

「投降吧，羅蘋。」

「你真沒教養，佛朗方隊長，你打斷了我的話，我剛剛是要說……」

「投降吧，羅蘋。」

「該死的，佛朗方隊長，只有處在危險中的人才會投降，你總不會認爲我有危險吧！」

「最後一次，羅蘋，我勒令你還是投降吧。」

「佛朗方隊長，你一點都不想殺我，頂多就是想讓我受點傷吧。你害怕我會逃走。可要是湊巧那傷口致命了呢？不會的，不過想想那樣的話你會多麼後悔啊，可憐的人！想想到了老年你會多痛苦啊！……」

子彈射出了。

羅蘋踉蹌了一下，用力勾住沉船支撐了片刻，最終還是鬆開了手，沉入水裡消失不見了。

這些事情發生的時候恰恰是下午三點鐘，到了六點整的時候，正如福爾摩斯宣佈的那樣，他走進了繆瑞洛路旦布瓦爾公館的小客廳。他事先已經讓人通知了旦布瓦爾夫婦說自己要與他們見面。福爾摩斯此刻身上穿的是從訥伊一個旅館老闆那兒借來的外套和褲子，外套太小太緊，而褲子又太短了。他外套裡面穿了件絲綢束腰帶的法蘭絨襯衣，頭上還戴了頂鴨舌帽。

旦布瓦爾夫婦見到他的時候，他正在屋裡踱來踱去，他那身奇怪的衣服看起來實在是太可笑了，旦布瓦爾夫婦兩人很想笑出來，卻不得不克制住了。福爾摩斯的神情彷彿在沉思著什麼，弓著腰像個機器人似的從窗戶走到門，又從門走到窗戶。他每次來回的腳步都一樣，連轉身的方向也是相同的。

忽然間他停了下來，抓起一個小玩意兒，無意識地觀察一番，又繼續自己的踱步。最後，他終於站到了旦布瓦爾夫婦面前問道：

「德牧小姐在這兒嗎？」

「在啊，和孩子們在花園裡呢。」

「男爵先生，我們即將進行的談話很重要，我想讓德牧小姐也參加。」

「是不是，您確定……？」

「請你耐心點兒，先生。我會盡可能準確地向您們陳述一些事實，這樣眞相就會清清楚楚地顯露出來。」

「好吧。蘇珊娜，您是不是……」

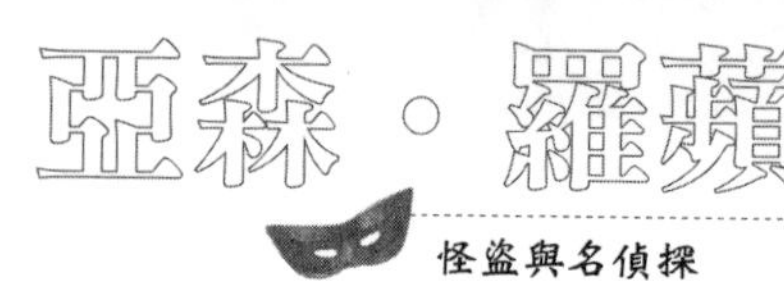

旦布瓦爾太太起身出去，很快就帶著愛麗絲・德牧一同回來了。德牧小姐的臉色比平常略顯蒼白，她靠著一張桌子站著，甚至都沒有問爲什麼要叫自己來。

福爾摩斯似乎沒看見她，猛地轉向旦布瓦爾先生，用不容置疑的口吻清晰地說道：

「先生，經過幾天的調查，儘管有些事情暫時改變了我的看法，我還是要向您重複一遍我一開始就說過的話，猶太燈是被住在這棟公館裡的某個人偷走的。」

「犯罪人叫什麼？」

「我知道她的名字。」

「證據呢？」

「我掌握的證據已經夠讓她啞口無言了。」

「不僅僅要讓她啞口無言，還要讓我們能夠拿回……」

「猶太燈？它已經在我手上了。」

「那蛋白石項鍊呢？鼻煙盒呢？……」

「蛋白石項鍊，鼻煙盒，總歸所有第二次從您這兒被偷走的東西都在我手上。」

福爾摩斯喜歡這些戲劇性的變化，喜歡有些突兀地宣佈自己的勝利。

事實上，男爵和他的妻子似乎被嚇呆了，帶著沈默的好奇打量著他，這種沈默的好奇便是最好的讚譽。

福爾摩斯接著詳細講述了自己這三天以來所做的事情，他講述自己是怎麼發現習字本的，怎麼在紙上寫下了那些被剪掉的字母組成的句子，講了布雷森是怎麼去塞納河邊的，還有這個冒險家的自殺，最後還有他自己剛剛和羅蘋進行的戰鬥，沉船和羅蘋的失蹤。

當福爾摩斯講完之後，男爵低聲說道：

「現在您只要告訴我們犯罪人的名字，您到底指控誰？」

「我指控那個剪掉了這份字母表上的字母並藉此與羅蘋傳遞消息的人。」

「您怎麼知道那個人是傳遞消息給羅蘋呢？」

「我是透過羅蘋本人知道的。」

福爾摩斯遞過來一張又濕又縐的紙，這正是羅蘋在船上的時候從本子上撕下來的那頁紙，上面寫著那幾個字母。

「而且你們得注意，」福爾摩斯滿意地評論說，「他當時根本不必要給我這張紙的，最終他因爲這樣做而暴露了自己，他的淘氣給我提供了線索。」

「給您提供了線索……，」男爵說道。「可我什麼都沒……」

福爾摩斯用鉛筆重新寫了一遍那些字母和數字。

CDEHNOPRZEO-237.

「嗯？」旦布瓦爾先生說道，「這不就是您剛剛給我們看的那幾個字。」

「不，您如果把這幾個字的順序調一調，您就會和我一樣，一眼就發現它和我剛剛給您看的第一句話不太一樣。」

「哪裡不一樣？」

「它多了兩個字母，E和O。」

「原來如此，我的確沒注意到……」

「把E和O與這些字母組成REPONDEZ（回覆）後沒用到兩個字母C和H湊在一塊，您就會發現唯一可能的詞就是ECHO（回聲）。」

「這是什麼意思？」

「這就是指《法國迴聲報》，一家羅蘋的官方報紙，他的那些通告就發在那上面。這段話的意思是就是：在**《法國迴聲報》佈告欄237號上答覆**。羅蘋可幫了我不少忙，我剛剛已經去過《法國迴聲報》的編輯室。」

「那您找到了嗎？」

「我找到了羅蘋和……他那個同夥之間聯絡的所有細節。」

福爾摩斯陳列出七份報紙，都翻開在第四版上，他在當中劃出了下面七句話：

1.亞．羅。女求，保。540

2. 540。待解釋。亞．羅。

3.亞．羅。被敵控制。輸。

4. 540。寫地址。將調查。

5.亞．羅。繆瑞洛。

6. 540。公園三點。紫羅蘭。

7. 237。定週六。周日晨。公園。

「您把這些稱爲所有細節！」旦布瓦爾先生叫道。

「我的天啊，是的，只要您對此稍加注意，您就會同意我的看法的。首先，一位署名540的女性請求羅蘋的保護，羅蘋回覆請她做出解釋。那名女性回答說自己被敵人控制，要是不幫她的話她就完了，這敵人無疑是指布雷森。羅蘋很小心，不敢直接和這名陌生女子接洽，要求提供地址以便進行調查。那名女性猶豫了四天——您可以對照報紙上的日期。最終因爲情況緊急，迫於布雷森的威脅，她提供自己那條街的名字繆瑞洛。第二天羅蘋宣佈自己會在三點鐘去蒙梭公園，請這名陌生女子帶上一束紫羅蘭作爲接頭暗號。此後他們的通信暫停了八天。亞森．羅蘋和那名女性不需要通過報紙來傳遞消息了：他們直接會面或是寫信。計畫達成，爲了滿足布雷森的要求，那名女子偷走了猶太燈。剩下的就是要確定日期。那名女子出於謹慎，借助剪切和黏貼起來的單詞來傳遞消息，把日子定在禮拜六並補充寫道：**請回覆**。**迴聲**。**237**。羅蘋回覆說一言爲定並說明自己禮拜天早上會去公園。禮拜天早上，您就這樣發現猶太燈失竊了。」

「的確是如此，這一切都是連續的，」男爵同意道，「故事這就完整了。」

福爾摩斯接著說道：

「失竊案發生後，那名女子禮拜天早上出門，向羅蘋彙報自己的所作所爲，並把猶太燈帶給布雷森。事情正如同羅蘋預計的一般發生了。警方被一扇開著的窗戶、地上的四個洞和陽臺上的兩處擦痕愚弄了，馬上認定該案是入室偷竊。那名女性就安心了。」

「好吧，」男爵說道，「我接受這個非常符合邏輯的解釋，那第二次失竊案呢……」

「第二次失竊是由第一樁引起的。報紙上講述了猶太燈是怎麼消失不見的，於是有人想要模仿一遍入室偷竊的過程，把那些沒拿走的東西拿到手。這第二次並非只是故佈疑陣，而是實實在在的，眞正有人破窗而入、爬牆等等過程。」

「當然也是羅蘋……」

「不，羅蘋做事不會這麼蠢，羅蘋不會爲了點雞毛蒜皮的小事就朝人開槍。」

「那麼是誰呢？」

「毫無疑問是布雷森，而且他敲詐的那名女子並不知道是布雷森來到這間客廳裡，我追捕的人也是他，傷了可憐的華生的人也是他。」

「您確定嗎？」

「非常確定，布雷森的一個同夥昨天在他自殺前給他寫了信，這封信表明他的同謀和羅蘋已經就被盜物品歸還你的問題進行了談判。羅蘋要求歸還所有物品，第一件物品（也就是猶太燈），還有第二樁案子裡的所有物品。此外他還在監視布雷森。布雷森昨晚去塞納河邊的時候，羅蘋的一個同伴和我們同時在跟蹤他。」

「布雷森去塞納河邊做什麼？」

「他曉得了我調查的進展……」

「誰告訴他的？」

「還是那位女士，她有理由害怕猶太燈的發現會暴露自己……所以布雷森知道之後將所有可能牽連自己的東西打了包，將包裹扔到了一個地方，一旦風頭過了他就可以去取回。他離開的時候被我和葛尼瑪圍捕，可能因爲還犯了其他重案，一時慌亂就自殺了。」

「那個包裹裡有什麼呢？」

「猶太燈和您其他的一些小東西。」

「那麼它們不在您手上嘍？」

「羅蘋一失蹤我就讓人開車帶我去布雷森之前選擇的地點，反正我身體也已經被羅蘋給弄濕，下水順利找到了您被偷走的東西，它們都裹著床單，外面包著打了蠟的帆布，桌上這個包裹就是了。」

男爵一言未發地割開了包紮繩，一把撕開濕床單，取出猶太燈。他旋開燈座上的一個螺母，兩手用力拆開了裝油的容器將它分成了對等的兩半，發現裡面正是那個金質的獅頭羊身龍尾吐火怪物，襯著紅寶石和祖母綠。

東西完好無損。

這一幕表面看來再自然不過了，只是簡單地陳述了一系列事實。可悲劇的是，福爾摩斯那直截了當、無可辯駁的指控，每一句都指向了德牧小姐；而愛麗絲・德牧小姐的沈默也讓人震驚。一個接一個的小小證據堆積起來，在這漫長而殘酷的過程中，德牧小姐臉上的肌肉都沒有抽動過，她清澈的目光中也沒有閃過任何抗拒或是害怕。她在想什麼呢？特別是在那莊嚴的時候，輪到她做出回答進行自衛，打破福爾摩斯套住她的巧妙圈套時，她會說些什麼呢？

這一刻終於到了，年輕的女子還是沈默不語。

「說啊！妳倒是說啊！」旦布瓦爾先生叫道。

德牧小姐什麼也沒說。

旦布瓦爾先生堅持道：

「一句話就能爲妳自己辯白……只要一句辯白的話，我就相信妳。」

這句話，她依然沒有說。

男爵快步地跨過屋子，又走了回來，接著又走過去，然後對福爾摩斯說道：

「不，先生！我不能接受這是眞的！這些犯罪是不可能的！這和我所知道的一切，和我這一年來看到的一切，都是相悖的。」

他把手搭在福爾摩斯的肩上。

「先生，您是不是完完全全確定您沒有弄錯？」

福爾摩斯彷彿被打了個措手不及，沒有馬上作出反擊，而是猶豫起來，不過他還是笑著說道：

「只有我指控的那個人，憑藉著她在你們家的地位，才能知道猶太燈裡面有一樣價值連城的珠寶。」

「我不相信。」男爵喃喃地說道。

「那您問問她。」

事實上，福爾摩斯的提議是男爵唯一沒有嘗試過的事情。這個年輕女子使男爵對她產生了一種盲目的信任，然而眼前的情形讓他不能再逃避顯而易見的事實了。

男爵走近她身邊，直視著她的眼睛問道：

「是妳嗎，德牧小姐？是妳拿了珠寶？是妳和羅蘋互通訊息並且僞造了失竊案現場？」

德牧小姐回答道：

「是我，先生。」

她沒有低下頭，臉上既沒有羞愧也沒有尷尬的神色……

「這可能嗎？」旦布瓦爾先生喃喃地說道，「……我絕不會相信……我就算懷疑任何人也不會

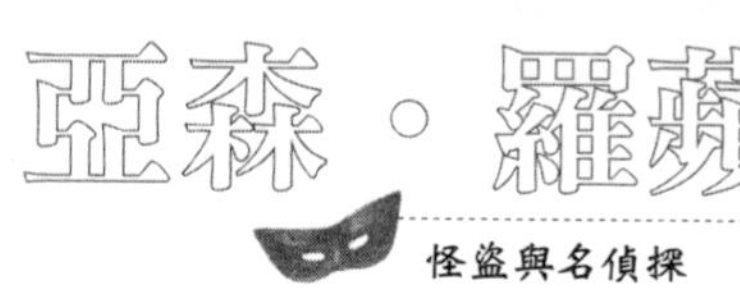

懷疑到妳……妳是怎麼做的？」

她回答道：

「就像福爾摩斯先生所講的那樣，禮拜六到禮拜天的夜裡，我下樓來到了這間小客廳，拿走了燈，然後第二天早晨，我把燈給了……那個人。」

「不，」男爵反駁道，「妳所說的讓人完全無法接受。」

「無法接受！那是爲什麼？」

「因爲第二天早上我發現這間小客廳的門是拴上的。」

德牧小姐紅了臉，不知所措起來，看著福爾摩斯，彷彿在徵求他的意見。

福爾摩斯對男爵的反駁感到驚訝，不過他似乎對愛麗絲・德牧的尷尬更爲震驚。她難道是答不上來嗎？她之前承認福爾摩斯自己對猶太燈被盜所做的解釋，難道她的承認掩蓋了某種謊言，而這個謊言一推敲就會被事實攻破？

男爵接著說道：

「這扇門是關著的，我確定門閂和我頭天晚上插上時一樣。倘若如妳所說，妳是從這扇門出去的，那就是應該有人從裡面，也就是從小客廳或者是我們的房間裡給妳開了門。可是這兩間屋子裡根本就沒人……除了我和我的妻子就沒別人了。」

福爾摩斯連忙彎下腰用手捂住臉，借此來掩飾自己的臉紅。彷彿是一道突如其來的光射向了他，他眨了眼，極不自在。這一切好似黑夜突然降臨在了一片晦暗的景色中。

愛麗絲．德牧是清白的。

愛麗絲．德牧是清白的，這樣顯而易見的事實他卻看不見，這也解釋了爲什麼他從第一天指控這個女孩起就覺得有些不自在。現在他看清楚了，他也明白了，靈光一現、毋庸置疑的證據就出現在他面前。

他重新抬起頭，過了幾秒鐘，他儘量自然地將目光轉向旦布瓦爾太太。旦布瓦爾太太臉色蒼白，這種不同尋常的蒼白往往會在最殘酷的時刻暴露自己。她試圖藏起自己那雙微微顫抖的雙手。

「再過一秒鐘，」福爾摩斯想道，「她就要露出馬腳了。」

福爾摩斯站到她和她丈夫之間，急切地想要排除威脅著這對夫婦的危險，而這種可怕的危險是因爲他的錯誤造成的。可是當他看見男爵的時候，他的心裡直打哆嗦。方才他突然之間靈光一現想到的，旦布瓦爾男爵此刻也明白了。這位丈夫的腦子裡也是同樣想法。他弄清楚了！他明白了！

愛麗絲．德牧絕望地抗議著這個殘酷的事實。

「先生，您有道理，我錯了……事實上，我不是從這兒進來的。我是從前廳和花園那邊進來的，借著梯子……」

至高忠誠的努力……不過只是徒勞！這些話聽起來就很假。她說話的聲音極不鎮定，她那清澈的目光和真誠的神色都不見了，德牧小姐失敗地低下了頭。

一片壓得人難以忍受的沉靜中，旦布瓦爾太太面色蒼白地等待著。她因爲焦慮和害怕，整個人都僵直了。男爵似乎還在掙扎，不願意相信自己的幸福就這樣坍塌了。

他終於結結巴巴地說道：

「說啊！妳倒是解釋啊！……」

「我無話可說。」旦布瓦爾太太低聲說道，她因爲痛苦面容都扭曲了。

「那麼……德牧小姐……」

「德牧小姐只是救了我……然後剛剛出於忠誠……出於友愛……她才認罪的……」

「什麼事救了妳？從誰手上救了妳？」

「從那個人手上。」

「布雷森？」

「是的，他威脅的是我……我是在一個朋友家裡認識他的……我很愚蠢，聽信他的話……哦！請原諒我……我只跟他寫了兩封信……信我會拿給你看的……我把它們買回來了……我想你知道了……哦！可憐可憐我吧……這件事也讓我每天都以淚洗面！」

「妳！妳！蘇珊娜！」

他握起拳頭向她揮去，要狠狠揍她，要殺了她，可突然他的手臂垂了下來，喃喃地說道：

「妳，蘇珊娜！……妳！……這怎麼可能！……」

旦布瓦爾太太斷斷續續地講了令人傷心的經歷，她在那個人的卑鄙面前省悟過來，驚慌失措，又是內疚又是驚恐，她還講了愛麗絲讓人欽佩的所作所爲。這個年輕女子發覺了女主人的絕望，從她口中問出了眞相，給羅蘋寫了信，策劃了這樣一樁盜竊案，爲的是將她從布雷森的魔爪下解救出來。

「妳，蘇珊娜，妳……」旦布瓦爾先生嚇呆了，彎著腰重複道，「妳怎麼能……？」

* * *

當天晚上，往返於加萊和多佛爾之間的「倫敦城」號汽輪緩緩地航行在波瀾不驚的水面上。夜很暗，很靜。汽船上方凝住的雲若隱若現，周圍是薄霧的紗幕，將船和空間隔開，那無窮無盡的空間裡延展的是月和星的白。

大多數乘客都已經進了船艙，不過還有幾個人堅持著，在甲板上散步，或是靠在寬敞的搖椅中裹著厚厚的毯子小寐。還有星星點點雪茄的微光，伴著和風拂過的聲音，可以聽見有人在低喃，在這莊嚴的靜默中不敢高聲說話。

有位乘客沿著舷牆踱著規律的步伐，在一個躺在長椅上的人身邊停下，仔細地看了看她。那人動了一下，他說道：

「我以爲妳睡著了，德牧小姐。」

「不，沒有，福爾摩斯先生，我不想睡。我在思考。」

「思考什麼？這樣問是不是很冒失？」

「我在想旦布瓦爾太太，她應該很傷心吧！她這輩子完了。」

「不，不，」福爾摩斯急忙說道，「她的錯並非不可饒恕，旦布瓦爾先生會忘記的。我們離開的時候，他看她的眼神已經沒有那麼嚴厲了。」

「可能吧……不過遺忘是一個很漫長的過程……她會很痛苦的。」

「妳很愛她嗎？」

「很愛，是她給了我力量。當我害怕得發抖的時候，讓我還能微笑；當我想要逃避您的眼睛的時候，讓我能面對您。」

「妳離開她覺得很難過？」

「很難過，我沒有父母，也沒有朋友……我只有她。」

「妳會有朋友的，」英國人被她的憂傷打動了，說道，「我向妳承諾……我有些關係……還有很大的影響力……我向妳保證妳不會一直難過著的。」

「或許吧，不過旦布瓦爾太太不會在那兒了……」

他們倆沒有再交談，福爾摩斯在甲板上又轉了兩三圈，回到了自己的旅伴身邊。

薄霧漸漸散去，雲彷彿將天空拆成了一塊一塊的，星星閃爍其間。

福爾摩斯從大衣裡掏出菸斗，往裡面塞上菸草，接連劃了四根火柴卻沒能點燃。他沒有剩餘的火柴了，於是站起身對幾步外的一位先生說道：

「請問您有火嗎？」

那位先生打開一個裝焦炭的盒子擦了兩下，火苗立刻迸了出來。借著那火的微光，福爾摩斯瞧見了羅蘋。

要不是福爾摩斯幾乎微不可覺地往後縮了一下，羅蘋還以為福爾摩斯早就知道自己在船上了，因為他冷靜而自然地將手伸向了自己的對手。

「身體還好吧，羅蘋先生？」

「太出色了！」羅蘋大聲說道，福爾摩斯的自制力讓他欽佩不已。

「太出色？……什麼意思？」

「怎麼，什麼意思？你之前已經親眼看到我沉入塞納河了，這會兒我又像個幽靈似的重新出現在你面前，出於驕傲，出於我形容英國人的那種奇跡般的驕傲，你竟然沒有半點震驚的舉動，也沒吐出半句驚訝的話語！我重複一遍，這實在是太出色了，太讓人佩服了！」

「這沒什麼好佩服的，我瞧你從船上掉下去的那姿勢就知道是你自己要下去的，你根本沒被佛朗方隊長那顆子彈打中。」

「那你沒搞清楚我最後怎麼樣就走了?」

「你怎麼樣了?我知道啊。五百個人控制著沿河兩岸一千公尺的距離。你就算逃過一死，肯定也被捉住了。」

「可我現在在這了。」

「羅蘋先生，世上有兩個人做出任何事都不會讓我覺得驚訝:第一個是我本人，第二個就是你了。」

和解達成。

福爾摩斯在對羅蘋的戰鬥中沒有獲得勝利，羅蘋依然是他最出色的敵人，他卻得放棄抓捕他。即使羅蘋在彼此的交鋒中總占了上風，福爾摩斯靠著自己的堅忍不拔表現得也並不遜色，他找到了猶太燈，正如之前找到藍鑽石一樣。或許這次的結果沒有那麼輝煌，特別是從公眾的角度看來，因爲福爾摩斯對於猶太燈是如何被發現這個問題不得不語焉不詳，並且宣佈自己並不知道罪犯的姓名。不過羅蘋和福爾摩斯這兩個人，一個身爲盜賊，一個身爲偵探，他們彼此之間並無勝敗之分，他們兩人完全是平分秋色。

福爾摩斯和羅蘋聊起了天，就像放下武器彼此尊重的兩個對手那樣禮貌而謙恭。

羅蘋應福爾摩斯的要求講述了自己逃脫的經過。

「要是能把這稱爲逃脫的話，」他說道。「這簡單得很!我的朋友一直在把風，因爲我們約好要把猶太燈從水中撈上來。所以我在翻覆的船身下面待了足足半個小時，利用佛朗方和他的人沿河尋找我的屍體時又爬上了船。我的朋友開著汽艇順路接上我，在五百個好奇者驚訝的注視下疾馳而去了，這五百人中當然包括葛尼瑪和佛朗方。」

「太漂亮了！」福爾摩斯叫道，「……太成功了！……那你現在去英國是有什麼事嗎？」

「是的，原本想算些賬……不過我剛剛給忘記了……旦布瓦爾先生情況如何呢？」

「他什麼都知道了。」

「啊！我親愛的偵探先生，我之前跟你說什麼來著？現在惡果已經無法挽回了。你要是讓我隨自己的意思做不是會更好？再過個一兩天，我從布雷森那兒拿到猶太燈和其他小玩意兒，就會把他們送還到旦布瓦爾家中，那兩個老實人也就可以平平靜靜地相伴著過日子了。現在倒好……」

「現在倒好，」福爾摩斯冷笑道，「我把這一切都給攪亂了，弄得你保護的那一家人雞犬不寧。」

「我的天啊，是的，我是在保護他們一家！偷盜、欺騙、作惡，難道我非得做這些嗎？」

「那你也做好事囉？」

「當我有空的時候，這也能讓我獲得樂趣。在這樁案子裡，我是拯救眾生的神仙，而你卻成了帶來失望和淚水的惡鬼，這太可笑了。」

「淚水！淚水！」福爾摩斯抗議道。

「當然了！旦布瓦爾一家被毀了，愛麗絲・德牧小姐哭得可傷心了。」

「她不能再待在那兒了……葛尼瑪會發現她的……然後從她身上又會追蹤到旦布瓦爾太太。」

「我完全同意你的看法，偵探先生，可這是誰的錯呢？」

兩個人從他們面前走過，福爾摩斯用變了些許的音色低聲對羅蘋說道：

「你知道這兩位是什麼人嗎？」

「我覺得好像有一個是船長。」

「另一個呢？」

「我不知道。」

「是奧斯丁・吉萊，奧斯丁・吉萊先生在英國的地位和你們的警察總局局長帝杜伊先生差不多。」

「啊！運氣眞不賴！你是不是能爲我引見一下呢？帝杜伊先生是我的好朋友，要是奧斯丁・吉萊先生也能成爲我的好朋友，那可就太棒了。」

那兩個人又出現了。

「我要是現在就照做呢，羅蘋先生？」福爾摩斯一邊站起身一邊說道。

他抓住羅蘋的手腕，鐵鉗般地夾緊他。

「幹嘛這麼用力，偵探先生？我準備好跟你走了。」

事實上，羅蘋沒有抵抗半分，乖乖地被福爾摩斯拉著走了。那兩人已往遠處去了。

福爾摩斯加快了腳步，他的指甲甚至都嵌入了羅蘋肉裡。

「快走……快走……」他帶著一種急切的語氣低聲叫道，似乎是想儘快把一切都解決了，

「……走！快點。」

可他突然停了下來，愛麗絲·德牧跟在他們後面。

「妳做什麼呢，小姐！這沒用的……別跟過來！」

羅蘋回答道：

「偵探先生，請你注意，小姐不是自願跟來的。我可是用你抓著我的力氣同時抓住她的手腕。」

「這是爲什麼？」

「怎麼！我也想介紹一下她啊。她在猶太燈這個故事裡的角色可比我的重要。羅蘋的同謀，布雷森的同謀，她還得講講旦布瓦爾男爵夫人的經歷——這一定會讓警方非常感興趣的……這樣你就會把自己介入所幹的好事推向極致了，勇敢的福爾摩斯。」

英國人已經鬆開了自己的俘虜，羅蘋也放開了德牧小姐。

他們面對面一動不動地待了幾秒鐘，然後福爾摩斯回到長椅上坐了下來，羅蘋和年輕女子也坐回自己的位子上。

沈默許久之後，羅蘋說道：

「你看，偵探先生，不管做什麼，我們都不是一條船上的人。你在河的一邊，我在另一邊。我們可以打招呼、握手、聊會兒天，可是我們之間的鴻溝依然在那兒。你永遠都是偵探夏洛克・福爾摩斯，而我永遠是盜賊亞森・羅蘋。福爾摩斯總是不自覺地照自己作爲偵探的本能行事，去與盜賊爲敵，有可能的話就把他關進牢裡。羅蘋則永遠與他作爲盜賊的心性相符，避開偵探的抓捕，有可能的話還要嘲笑他一番。這次就可以！哈！哈！哈！」

羅蘋大笑起來，那笑聲中滿是嘲諷，嚴酷無情，讓人生厭……

突然間他嚴肅起來，彎身對年輕女子說道：

「小姐，請妳相信，即使被逼到絕境，我也不會出賣妳的。亞森・羅蘋從不會出賣人，特別是他愛的和他欽佩的人。請允許我向妳表明，我喜歡並且欽佩妳的英勇和可愛。」

羅蘋從錢包裡掏出一張名片撕成兩半，遞過一半給年輕的女子，用感動而尊敬的聲音說道：

「小姐，要是福爾摩斯先生幫不上妳的忙，妳就去找斯瓊博蘿女士（你很容易就能找到她現在的住址），把這半張名片交給她，並且告訴她兩個詞：忠誠、回憶。斯瓊博蘿女士會把妳當親姐妹對待的。」

「謝謝，」年輕女子說道，「我明天就去這位夫人家裡。」

「現在，偵探先生，」羅蘋完成自己的義務，用滿意的語調說道，「我祝你晚安。我們還要一

個小時才會到對岸呢，我得利用這時間好好休息一下。」

他伸直身子躺了下來，手交叉著放在腦後。

晴朗的天空掛著一輪明月，它那暈染開來的清輝點亮了星星四周，映亮了海潮。月光浮在水上，最後幾片雲也融在無盡的天際上，這一片廣袤的天空似乎都歸於那輪明月。

海岸的輪廓出現在模糊的地平線上，又有乘客走上甲板，甲板到處擠滿了人。奧斯丁・吉萊在兩個人的陪同下走了過去，福爾摩斯認出那是兩個英國警察。

而羅蘋依然在長椅上沉睡著……

譯註：

①川斯瓦：位於南非境內，以盛產黃金出名。

國家圖書館出版品預行編目資料

怪盜與名偵探／莫里斯・盧布朗（Maurice Leblanc）著；宦征宇譯.
——初版.——臺中市：好讀，2010.12
面：　公分，——（典藏經典；31）

譯自：Arsène Lupin contre Herlock Sholmès

ISBN 978-986-178-171-6（平裝）

876.57　　99020939

好讀出版

典藏經典 31

怪盜與名偵探

原　　著／莫里斯・盧布朗
翻　　譯／宦征宇
總 編 輯／鄧茵茵
文字編輯／莊銘桓
美術編輯／許志忠
行銷企劃／劉恩綺
發 行 所／好讀出版有限公司
台中市 407 西屯區何厝里 19 鄰大有街 13 號
TEL:04-23157795　FAX:04-23144188
http://howdo.morningstar.com.tw
（如對本書編輯或內容有意見，請來電或上網告訴我們）
法律顧問／陳思成律師

戶　　名：知己圖書股份有限公司
劃撥帳號：15062393
服務專線：04-23595819 轉 230
傳真專線：04-23597123
E-mail：service@morningstar.com.tw
如需詳細出版書目、訂書，歡迎洽詢
晨星網路書店 http://www.morningstar.com.tw

印　　刷／上好印刷股份有限公司 TEL:04-23150280
初　　版／2010 年 12 月 15 日
初版八刷／2017 年 8 月 30 日
定　　價／250 元
如有破損或裝訂錯誤，請寄回台中市 407 工業區 30 路 1 號更換（好讀倉儲部收）

Published by How Do Publishing Co., LTD.
2017 Printed in Taiwan
ISBN 978-986-178-171-6

讀者回函

只要寄回本回函，就能不定時收到晨星出版集團最新電子報及相關優惠活動訊息，並有機會參加抽獎，獲得贈書。因此有電子信箱的讀者，千萬別吝於寫上你的信箱地址

書名：怪盜與名偵探

姓名：＿＿＿＿＿＿＿＿ 性別：□男 □女 生日：＿＿年＿＿月＿＿日

教育程度：＿＿＿＿＿＿＿＿＿＿＿＿

職業：□學生 □教師 □一般職員 □企業主管

□家庭主婦 □自由業 □醫護 □軍警 □其他＿＿＿＿＿＿＿＿＿＿

電子郵件信箱（e-mail）：＿＿＿＿＿＿＿＿＿＿＿＿ 電話：＿＿＿＿＿＿＿＿

聯絡地址：□□□＿＿＿＿＿＿＿＿＿＿＿＿＿＿＿＿＿＿＿＿＿＿＿＿

你怎麼發現這本書的？

□書店 □網路書店（哪一個？）＿＿＿＿＿＿＿＿＿ □朋友推薦 □學校選書

□報章雜誌報導 □其他＿＿＿＿＿＿＿＿＿＿＿＿＿＿＿＿＿＿＿＿＿＿＿

買這本書的原因是：＿＿＿＿＿＿＿＿＿＿＿＿＿＿＿＿＿＿＿＿＿＿＿

□內容題材深得我心 □價格便宜 □封面與內頁設計很優 □其他＿＿＿＿＿＿

你對這本書還有其他意見嗎？請通通告訴我們：

＿＿＿＿＿＿＿＿＿＿＿＿＿＿＿＿＿＿＿＿＿＿＿＿＿＿＿＿＿＿＿＿＿＿

你買過幾本好讀的書？（不包括現在這一本）

□沒買過 □1～5本 □6～10本 □11～20本 □太多了

你希望能如何得到更多好讀的出版訊息？

□常寄電子報 □網站常常更新 □常在報章雜誌上看到好讀新書消息

□我有更棒的想法＿＿＿＿＿＿＿＿＿＿＿＿＿＿＿＿＿＿＿＿＿＿＿＿＿

最後請推薦五個閱讀同好的姓名與E-mail，讓他們也能收到好讀的近期書訊：

1.＿＿＿＿＿＿＿＿＿＿＿＿＿＿＿＿＿＿＿＿＿＿＿＿＿＿＿＿＿＿＿＿

2.＿＿＿＿＿＿＿＿＿＿＿＿＿＿＿＿＿＿＿＿＿＿＿＿＿＿＿＿＿＿＿＿

3.＿＿＿＿＿＿＿＿＿＿＿＿＿＿＿＿＿＿＿＿＿＿＿＿＿＿＿＿＿＿＿＿

4.＿＿＿＿＿＿＿＿＿＿＿＿＿＿＿＿＿＿＿＿＿＿＿＿＿＿＿＿＿＿＿＿

5.＿＿＿＿＿＿＿＿＿＿＿＿＿＿＿＿＿＿＿＿＿＿＿＿＿＿＿＿＿＿＿＿

我們確實接收到你對好讀的心意了，再次感謝你抽空填寫這份回函

請有空時上網或來信與我們交換意見，好讀出版有限公司編輯部同仁感謝你！

好讀的部落格：http://howdo.morningstar.com.tw/

請填妥後對折黏貼，直接投郵即可，無須貼郵票。

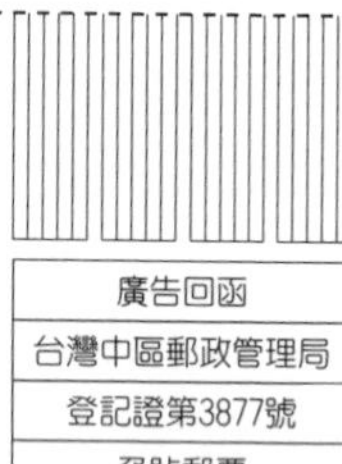

廣告回函
台灣中區郵政管理局
登記證第3877號
免貼郵票

好讀出版有限公司　編輯部收

407 台中市西屯區何厝里大有街13號

電話：04-23157795-6　傳眞：04-23144188

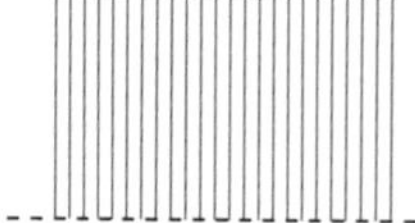

沿虛線對折

購買好讀出版書籍的方法：

一、先請你上晨星網路書店http://www.morningstar.com.tw檢索書目或直接在網上購買

二、以郵政劃撥購書：帳號15060393 戶名：知己圖書股份有限公司並在通信欄中註明你想買的書名與數量

三、大量訂購者可直接以客服專線洽詢，有專人爲您服務：客服專線：04-23595819轉230 傳眞：04-23597123

四、客服信箱：service@morningstar.com.tw